Diogenes Taschenbuch 22697

de
te
be

31. Oktober 1996

Liebe Gerti!

Zu Deinem 24. Geburtstag
wünsche ich Dir von Herzen
alles, alles Gute!

Deine Bettina

Susanna Tamaro

Love

Fünf Erzählungen
Aus dem Italienischen
von Maja Pflug

Diogenes

Titel der 1991 bei Marsilio Editori, Venedig,
erschienenen Originalausgabe
›Per voce sola‹

Die deutsche Erstausgabe
erschien 1992 im Diogenes Verlag
Das Motto aus *Die Kinder des Holocaust
Gespräche mit Söhnen und Töchtern
von Überlebenden* von Helen Epstein in der
Übersetzung von Christian v. Spiel
C.H. Beck Verlag, 1987
Umschlagillustration: Ernst Ludwig Kirchner,
›Fränzi‹, 1910 (Ausschnitt)

Für meine Großmutter Elsa

Veröffentlicht als Diogenes Taschenbuch, 1994

100/96/8/5
ISBN 3 257 22697 7

Lange Jahre war es in einer Art Kasten tief in mir vergraben. Ich wußte, daß ich – verborgen in diesem Kasten – schwer zu erfassende Dinge mit mir herumtrug. Sie waren feuergefährlich, sie waren intimer als die Liebe, bedrohlicher als jede Chimäre, jedes Gespenst.

Helen Epstein
(Children of the Holocaust, 1979)

Inhalt

Wieder einmal Montag

Liebes Tagebuch, es ist wieder einmal Montag. Heute ist zum ersten Mal richtig Herbst: der Wind weht, und die Blätter wirbeln, endlich gelb, durch die Luft. Nach dem Kalender hätte der Herbst schon längst anfangen sollen, aber mit diesen Löchern in der Atmosphäre kann man sich ja inzwischen auf nichts mehr verlassen, nicht einmal auf die Regelmäßigkeit der Jahreszeiten. Wer weiß, wie die Zukunft sein wird!? Ab und zu frage ich es mich. Ich denke natürlich an die kleine Dorrie, nicht an mich und Jeff. A propos, heute sind es genau sechs Jahre, daß sie bei uns lebt. Nicht ich habe daran gedacht, sondern meine Assistentin im Verlag. Im Café wollte sie unbedingt, daß ich ein Glas Sekt mit ihr trinke. Erst als sie mir zugeprostet und dabei gesagt hat: »Auf euer Kleines!« habe ich verstanden. Tja, der Jahrestag! Eine Art zweiter Geburtstag. Der Tag, an dem sie geboren wurde, und der Tag, an dem wir sie adoptiert haben. Ich erinnere mich sehr gut, wie aufgeregt Jeff und ich waren. Man wußte nicht, wann und wo sie geboren war. Ein Nachtwächter hatte sie in einer Mülltonne gefunden. Sie war weiß, vielleicht hispanischer Herkunft. Schwarz oder gelb wäre sie genauso willkommen gewesen. Seitdem feststand, daß wir keine Kinder haben konnten, war dies unser einziger Wunsch. Kaum waren wir aus dem Heim draußen, hat Jeff, der sie im Arm hielt, ausgerufen: »Im Müll! Es kommt mir vor wie eins von den Märchen, die du veröffentlichst!«

Ein Märchen, ja, ja! Genau davon haben wir heute in der Redaktionssitzung gesprochen. Wir wollen eine neue Reihe für Kinder zwischen sechs und zehn Jahren herausgeben. Laurie, meine Teilhaberin, behauptet, es sei an der Zeit, Horrorgeschichten herauszubringen. Das sei es, was die Kinder wollen, Ungeheuer, Hexen, geifernde Riesen, schreckliche, fleischfressende Stiefväter. Ich bin ganz dagegen. Ich denke, man muß den Kindern das Beste geben, sie zum Träumen anregen: sie sind so zart, zerbrechlich, phantasievoll.

Abends sind Jeff und ich essen gegangen. Er hat mich in das kleine italienische Lokal ausgeführt, wo wir kurz nach unserer Hochzeit immer hingingen. Er hat nichts über Dorrie gesagt, aber ich bin fast sicher, daß er mich ausgeführt hat, weil er den Jahrestag feiern wollte. Jeff ist so zurückhaltend, so unheimlich sensibel. Oft frage ich mich beim Zubettgehen, was aus meinem Leben geworden wäre ohne ihn. Ich kann es nicht beantworten. Aber was macht das schon. Ich bin glücklich, so wie es ist.

P. S. Auf dem Heimweg bin ich im Treppenhaus gestolpert. Ich weiß nicht, wie es passiert ist, aber es muß komisch gewesen sein, mich wie einen Sack Kartoffeln die Treppe herunterkollern zu sehen. Jeff war ein wenig besorgt, aber ich habe, als ich wieder aufgestanden bin, zu ihm gesagt »nichts Ernstes«. Dann haben wir herzlich gelacht.

Liebes Tagebuch, gestern war ich zu optimistisch mit meinem Sturz. Heute früh beim Aufwachen habe ich nämlich gemerkt, daß ich im ganzen Körper Schmerzen habe. Danach, im Bad, als ich mich im Spiegel gesehen habe, die Überraschung. Ein Auge grün und blau, wie bei einem Boxer.

Jeff war nicht bei mir, er war schon gegangen. Seine Arbeit nimmt ihn derart in Anspruch, daß ich manchmal nicht weiß, woher er die Kraft nimmt weiterzumachen!

Wie auch immer, für heute habe ich beschlossen, nicht in den Verlag zu gehen. Ich werde mir mit der kleinen Dorrie einen schönen Tag zu Hause machen. Es regnet heftig, und wenn sie aus der Schule kommt, werden wir uns unter die Bettdecken verkriechen, und ich werde ihr ein Märchen erzählen, bis es Zeit ist zum Abendessen. Sie wird wie immer Blaubart oder Däumeling hören wollen, und ich werde wie immer versuchen, ihr Aschenbrödel zu erzählen. Im Blick der Kleinen liegt ab und zu ein Schatten, der mir nicht gefällt. Mit meinen Geschichten gelingt es mir meistens, ihn zu verscheuchen, durch sanfte Überredungskunst.

Jetzt ist es zehn Uhr abends. Den Nachmittag haben wir programmgemäß im Bett verbracht, mit Zuschauen, wie der Regen fällt, und Märchenerzählen; erst gegen fünf sind wir wieder aufgestanden. Dorrie sollte für morgen einen Aufsatz schreiben. Thema: »Mein Papa«. Sie, die mit solcher Leichtigkeit schreibt, sah mich diesmal verstört an, mit der Feder in der Luft über dem weißen Blatt. Also habe ich ihr geholfen. Ich verstehe, habe ich gesagt, daß du nicht weißt, was du schreiben sollst; Papa ist so wunderbar, daß es schwierig ist, etwas zu finden, womit man anfangen kann! Dann habe ich ihr vorgeschlagen zu schreiben, daß er Rechtsanwalt ist, daß er immer die Armen verteidigt und irgendwie Robin Hood ähnlich ist: groß, stark, so stark, daß er mit nur zwei Fingern einen Elefanten erwürgen oder uns beide ohne jede Anstrengung über das Balkongeländer heben könnte, als wären wir zwei Blätter Papier. Danach hat sie ihre Ratlosigkeit überwunden und zu schreiben begonnen, konzentriert und aufmerksam hat sie eine ganze Stunde lang geschrieben.

Jeff ist heute nicht zum Abendessen gekommen; die Arbeit nimmt ihn manchmal so in Anspruch, daß er nicht einmal Zeit hat, mich anzurufen. Allerdings gab es heute sowieso kein Abendessen. Jeff wollte, daß wir eine neue Diät anfangen. Jeden zweiten Abend kochendes Wasser. Das Rezept stammt von einem kalifornischen Arzt. Es reinigt, sagt er, macht die Gedanken leicht. Stimmt, ich fühle mich nach einer Woche schon besser. Bei den ganzen Schweinereien, die in der Luft sind und die wir essen, ist es wirklich notwendig, eine innere Reinigung vorzunehmen. Innerlich rein sein, an Leib und Seele. Das ist sein Programm. Die kleine Dorrie hat ein bißchen Geschichten gemacht. Sie wollte Cornflakes mit Milch, kein kochendes Wasser. In aller Ruhe habe ich ihr erklärt, daß Papa weiß, was uns guttut. Sie ließ sich rasch überzeugen, hat gepustet, als wäre es Brühe, und das heiße Wasser getrunken. Sowie sie fertig war, habe ich sie ins Bett gebracht. Unter der Decke hat sie, wie jeden Abend, sofort nach ihrem Bären gesucht und ihn fest an sich gepreßt.

Während ich hinausging, hat sie mich gefragt, ob ich die Tür abschließen könnte. Dummchen, habe ich zu ihr gesagt, die einzige Tür, die hier abgeschlossen wird, ist die Haustür! Dann habe ich die Zimmertüre offengelassen, damit der Schein des Flurlichts bis an ihr Bett reichte. Ich hatte es mir schon gedacht. In diesem Alter sind nächtliche Ängste häufig. Gerade deshalb muß man die Kinder beruhigen, ihnen Licht anbieten, wo die Dunkelheit gefürchtet wird. Und der kleine Trick hat auch unmittelbar gewirkt. Dorrie ist fast sofort eingeschlafen, ohne weitere Fragen zu stellen.

Ich habe im Wohnzimmer bis nach Mitternacht gestrickt. Ich mache ihr eine Strickjacke mit Knöpfen vorn. In ihrer Lieblingsfarbe, Flaschengrün. Auf die linke Seite werde ich Häuschen mit einer Sonne und einem Regenbogen darüber aufsticken.

Liebes Tagebuch, heute bin ich wieder im Verlag gewesen. Um neun haben wir eine Sitzung wegen der berühmten Reihe gehabt. Laurie beharrt auf ihren Vorstellungen, und ich gebe in meinen nicht nach. Gestern abend, vor dem Zubettgehen, habe ich noch nach Dorrie geschaut. Sie schlief wie ein kleiner Welpe, müde und glücklich, an ihren Bären geklammert. So, mit diesem Bild im Sinn, habe ich Laurie erklärt, daß sie bestimmte Dinge nicht verstehen kann, weil sie keine Kinder hat. Man dürfe ihre Unbeschwertheit nicht mit absurden Monstergeschichten stören. Fürs erste hat sie es mit einem unverbindlichen Lächeln eingesteckt und nichts darauf geantwortet; später dann, am Ende der Sitzung, ist sie zu mir herübergekommen und hat mit zusammengekniffenen Lippen gefragt, was ich mir am Auge getan hätte.

Ich habe ihr die Wahrheit geantwortet, daß ich die Treppe hinuntergefallen sei. Da hat sie die Schultern hochgezogen und verwundert gefragt: »Passiert dir das nicht ein bißchen häufig, in letzter Zeit? Du wirst doch nichts am Labyrinth haben?«

Sie hat mir dann unbedingt die Adresse eines Spezialisten für Gleichgewichtsorgane aufdrängen wollen, der auch schon eine Freundin von ihr behandelt habe. Zum Schluß habe ich den Zettel mit der Telefonnummer genommen und ihn ohne hinzusehen mit allen anderen Papieren in die Handtasche gesteckt.

Nach dem Mittagessen bin ich um drei aus dem Verlag weggegangen. Dorries neue Lehrerin hatte mich zu einem Gespräch bestellt. Ich habe mich nicht weiter gesorgt. Ich wußte schon, was sie mir sagen wollte. Die Kleine ist mager, unaufmerksam, wirkt heruntergekommen. Das höre ich nicht zum erstenmal. Ich habe dieser Lehrerin das gleiche gesagt, was ich schon den anderen gesagt hatte: Man weiß nicht, wer sie auf die Welt gebracht hat, die ersten Stunden hat sie in größtem Unbehagen zwischen Abfällen zugebracht. Es ist nur zu begreiflich, daß sie nicht genauso ist wie die anderen Kinder. Wir haben uns als gute Freundinnen getrennt. Bei der Verabschiedung hat sie mich gefragt, ob ich etwa einen Auffahrunfall mit dem Auto gehabt hätte. Ich habe ihr geantwortet, daß es für jemanden mit niedrigem Blutdruck morgens schwierig ist, die Konsolen in der Küche zu sehen, auch wenn sie schon immer da hängen. Wir haben gelacht. Sie leidet auch an Schwindel wegen ihres Blutdrucks.

Auf dem Weg von der Schule nach Hause ging Dorrie die ganze Zeit mit gesenktem Blick an meiner Hand. »Recht hast du«, habe ich ihr daraufhin gesagt, »ich hab's in deinem Alter auch so gemacht, es gibt nichts Schöneres, als die gelben Blätter auf dem Boden zu betrachten.«

Jeff war schon zu Hause. Noch mit Jacke und Schuhen lag er auf dem Bett. Die Rolläden waren heruntergelassen und die Lichter aus. Ich habe sofort verstanden: sein übliches Kopfweh wegen Überarbeitung. Um ihn nicht zu stören, habe ich Dorrie gleich ins Bett gebracht, ohne das Licht anzumachen, und bin dann zu ihm ins Schlafzimmer gegangen. Er tut gut daran, ab und zu schon nachmittags schlafen zu gehen anstatt abends.

Mitten in der Nacht stand Dorrie plötzlich im Schlafanzug und mit ihrem Bären in der Hand in der Tür. Erst ganz leise, dann lauter hat sie gesagt, sie habe entsetzlichen Hunger. Eine Weile haben wir sie ignoriert: man darf nicht bei allen ihren Launen gleich Mitleid haben! Dann hat Jeff sie, da sie darauf beharrte, gebeten, sie solle keine Geschichten machen und wieder ins Bett gehen: es gebe so viele Kinder auf der Welt, die mehr Hunger hätten als sie! Dorrie hat sich jedoch keinen Schritt von der Stelle gerührt. Wenn sie sich etwas in den Kopf setzt, ist sie härter als ein Fels. Da hat Jeff mit rascher Geste die Decke zurückgeschlagen, ist zu ihr hingegangen, hat sie am Arm genommen, hat sie in die Küche geführt und dann wieder in ihr Schlafzimmer. Jeff ist ein wahres Wunder: auch wenn er erschöpft ist, findet er immer noch ein Krümelchen Kraft, um die Wünsche derer zu erfüllen, die er liebt. Er muß lange fort gewesen sein, denn als er zurückgekommen ist, schlief ich schon wieder. Ich habe mich umgedreht und ihm einen Kuß gegeben. Danach konnte ich nicht mehr einschlafen. Hinten im Hof schrie eine Katze, und es klang, als weinte ein Kind.

Freitag, liebes Tagebuch! Wieder ist eine Woche herum. Innerhalb weniger Tage ist aus dem Herbst Winter geworden. Wenn man ohne Mütze und ohne Handschuhe ausgeht, riskiert man eine Lungenentzündung. Heute früh ist Dorrie schlecht gelaunt aufgewacht. Sie wollte nicht aufstehen, wollte nicht frühstücken, wollte keinen Schal umlegen und keine Handschuhe anziehen. Auf der Straße draußen wollte sie dann nicht gehen, sie sagte, ein Bein tue ihr weh. Natürlich handelte es sich um eine Ausrede, um nicht in die Schule zu müssen. Also habe ich ihr mit Geduld die Geschichte von dem Mann erzählt, der immer schrie: »Der Wolf ist da, der Wolf ist da!« Man darf keine Krankheiten vorschützen, die man gar nicht hat, sonst besteht die Gefahr, daß man wirklich krank wird. Denk an all die Kinder, die nicht wie du das Glück gehabt haben, mit Armen und Beinen auf die Welt zu kommen!

Meine Rede muß sie tief berührt haben: Rasch ist sie mit gesenktem Kopf bis zur Schule vor mir hergegangen. Als ich sie am Eingang zur Schule küssen wollte, merkte ich an ihren glänzenden Augen, daß sie geweint hatte. Sie ist so ein empfindsames Kind. Es genügen zwei Worte im richtigen Ton, und sie versteht alles.

Im Verlag, um den Stier bei den Hörnern zu packen, habe

ich die anderen mit einem Vorschlag überrumpelt: ich habe gesagt, daß ich das erste Buch der Reihe schreiben würde. Laurie hat keinen besonderen Widerstand geleistet und die übrigen Frauen des Redaktionsausschusses auch nicht. Natürlich wird ihnen das Endergebnis zur Beurteilung vorgelegt werden. So habe ich dieses Wochenende gewiß keine Zeit zum Faulenzen: nicht nur das Märchen muß ich mir ausdenken (ich will es möglichst rasch zu Ende bringen), auch mit Dorries flaschengrüner Strickjacke muß ich weiterkommen.

Samstag und Sonntag verflogen im Nu, wie immer. Samstag schien die Sonne, und so haben Jeff und ich beschlossen, einen Ausflug aufs Land zu machen. Die Luft war kalt, schneidend. Dorrie fährt nicht gern Auto, sie war dagegen. Sie jaulte herum. Da hat Jeff auf halber Strecke angehalten, hat sie aussteigen lassen und ihr vorgeschlagen, nachdem sie ja Hunde so gern habe, solle sie doch im Kofferraum weiterfahren. Er hat sie hineingesperrt, und wir haben die Reise in Ruhe fortgesetzt; ab und zu, während wir plauderten, hörten wir hinten aus dem Auto eine Art dumpfes Bellen. Wir haben gelacht. Die Kleine ist so witzig. Sie tat so, als wäre sie wirklich ein Hund.

Mittagessen in einem Landgasthof. Ich habe Jeff von meinem Vorhaben erzählt, ein Buch für die Reihe zu schreiben. Er war begeistert. Anstatt in der Phantasie herumzustolpern, hat er gesagt, könnte ich doch die wahre Geschichte von Dorrie schreiben. Das ist eine ausgezeichnete Idee: ihre Geschichte hat ein glückliches Ende. Ein echtes Märchen.

Sonntag ist das Wetter wieder schlecht geworden. Jeff ist frühmorgens aus dem Haus gegangen. Nichts kann ihn von seiner Pflicht abhalten. Dorrie hat fast bis zur Mittagessenszeit geschlafen, so habe ich den ganzen Vormittag gehabt, um am Schreibtisch zu arbeiten. Nachmittags habe ich Dorrie ein weißes Heftchen gegeben und sie gebeten, mir zu helfen, das Märchen zu schreiben. Sie hat nichts gesagt, aber einen Stift genommen und sich in eine Ecke gesetzt. Während sie wie ein ernster kleiner Welpe schrieb, habe ich weitergestrickt. In einer Woche wird die Jacke fertig sein. Kurz vor dem Abendessen eine kleine Auseinandersetzung: ich wollte ihr die Strickjacke anprobieren, um die Ärmellänge zu messen, und sie hat sich widersetzt. Nicht in auffälliger Weise, nein. Sie hat mir nur, als ich sie zur Anprobe gerufen habe, statt ihrer Arme mehrmals die hingehalten, die sie der Puppe ausgerissen hatte. Daraufhin habe ich zu ihr gesagt, wenn sie wolle, würde ich ihrer Puppe genauso eine Jacke stricken, wenn ich mit ihrer fertig sei. Sie hat mir die Händchen hingestreckt und sich die Jacke überstreifen lassen.

Jeff ist nicht zum Abendessen gekommen. Es gab wieder das Nicht-Abendessen. Kochendes Wasser. Dorrie hat es getrunken und gesagt, es schmecke ein wenig nach Pfefferminz. Als sie schon unter der Decke lag, hat sie mich daran erinnert, daß ich ihr die Erlaubnis für die Ballettstunden unterschreiben müsse. Ich habe den Zettel zusammengefaltet und auf dem Nachttisch liegengelassen. Morgen früh bittest du Papa darum, habe ich zu ihr gesagt und sie wie jeden Abend auf die Stirn geküßt.

Als Jeff heimkam, war ich schon im Bett. Ohne die Augen

zu öffnen habe ich gebrummt, daß er ruhig das Licht anknipsen könne, weil ich noch wach sei. Er hat es angemacht, hat sich ausgezogen und mir das Gesicht gestreichelt, als er sich neben mich gelegt hat. Ich denke weiter an meine Geschichte. Was mir fehlt, ist der richtige Ton für den Anfang.

Liebes Tagebuch, wieder einmal Montag. Die Psychologen sagen, daß es ein spezielles Montagssyndrom gibt. Nach der Entspannung am Wochenende leiden alle Sinne an einer Art Erschlaffung, einer Weigerung, mit der Arbeitswoche zu beginnen. Ich fürchte, sie haben recht! Heute früh bin ich nämlich voll mit dem Kopf gegen die Konsole neben dem Kühlschrank gestoßen, gegen die Kante, natürlich. Ein ziemlich blutiger Schnitt an der Schläfe. Ich habe versucht, das Blut mit Eiswürfeln zu stillen, bevor Dorrie aufwachte. Jeff war schon aufgestanden und war im Bad. Als Dorrie in die Küche kam, habe ich sie an die Erlaubnis für die Ballettschule erinnert. Sie hat gesagt: »Nach dem Frühstück«, aber auch nach dem Frühstück wollte sie nicht zum Vater hingehen. Ich mußte sie bis an die Badezimmertür begleiten, ihre kleinen Knöchel an das Holz führen. Jeff hat sie nicht gleich gehört: er rasierte sich gerade und sang dazu aus vollem Halse.

Als er endlich die Tür aufmachte, tat er es mit solcher Wucht, daß Dorrie ihm beinahe vor die Füße gekullert wäre. Ich habe die beiden allein gelassen und bin mich anziehen gegangen. Während ich den Reißverschluß meines Rockes zuzog, habe ich Jeff mehrmals laut sagen hören: »Hast du eine Stimme oder nicht?!«

Dann muß Dorrie den Mut aufgebracht haben, ihn zu bitten, die Erlaubnis zu unterschreiben. Denn Jeff fing an, lustig einen Walzer zu trällern. Als ich am Bad vorbeiging, habe ich einen Blick hineingeworfen und gesehen, daß sie tanzten. Er hatte sie mit seinen starken Armen hochgehoben und wirbelte sie durch die Luft, und wenn sie hinfiel, hob er sie vom Boden auf und warf sie noch einmal hoch. Erst nach zehn Minuten Spiel hat er bemerkt, daß er im Vergleich zu sonst spät dran war. Er hat sich von mir und der Kleinen verabschiedet und ist losgestürmt. Ich bin ins Badezimmer gegangen. Dorrie lag noch in der Badewanne. Gerührt, erschöpft. Am Ausdruck ihrer Augen habe ich erkannt, daß sie nicht die Kraft hatte, in die Schule zu gehen. Dieses eine Mal habe ich zugestimmt. Es wird schon nicht gleich ein Weltuntergang sein. Außerdem werde ich heute auch nicht ins Büro gehen. Ich möchte nicht, daß Laurie, wenn sie die Wunde an meiner Schläfe sieht, mir wieder diesen Labyrinthdoktor empfiehlt.

Es wird eine ausgezeichnete Möglichkeit sein, Dorries Jacke fertigzustricken und die für die Puppe anzufangen. Ich habe schon einen Ärmel zusammengenäht und bin gleich mit dem zweiten fertig. Dorrie war nicht fähig, alleine aufzustehen, hat aber trotzdem gewollt, daß ich ihr die Ballettsachen anziehe. Ich habe das Strickzeug weglegen müssen, um ihr zu helfen. Sie war so müde, daß sie Arme und Beine nicht bewegen konnte. Ich muß Jeff sagen, daß er sie nicht mehr so aufregen darf. Sie ist ein zu empfindsames Kind, ein Nichts genügt, um sie in Aufruhr zu versetzen. Kaum hatte ich ihr die Strumpfhose hochgezogen, mußte sie pinkeln; sie hat in die Hose gemacht, wie als sie klein war. Dann hat sie das Frühstück auf das Spitzenjabot erbrochen. Ich habe einen feuchten Lappen genommen und alles abgeputzt, und kaum hatte ich ihn ins Waschbecken gelegt, begann ein feiner Blutfaden aus ihrem Mund zu tropfen, also habe ich den auch noch weggewischt. Sie ist immer zu gierig, wenn sie ißt, und das kommt dabei heraus. Ich wollte sie ausschimpfen, doch als ich mich über sie beugte, merkte ich, daß sie eingeschlafen war. Na ja, ab und zu muß man Gnade vor Recht ergehen lassen. Ich werde die Pause nützen, um etwas an dem Märchen weiterzuschreiben. Der Anfang steht fest: wie sie im Müll gefunden wurde. Aber der Schluß? Vielleicht finde ich eine gute Idee in Dorries Heftchen. Ich will es suchen.

Es heißt, daß es keine Menschenfresser mehr gibt, dabei gibt es noch Menschenfresser. Mein Papa ist tagsüber Rechtsanwalt und nachts Menschenfresser. Wenn ich schlafe und Angst habe, daß die Tür aufgeht, halte ich mich an Teddy fest. Teddy ist mein Bär, und wir sind schon immer Freunde. Er wirkt, als sei er aus Stoff, aber wenn ich das richtige Wort sage und ihn aufs Herz küsse, wird er lebendig und stärker als alle anderen. Jeden Abend verspricht Teddy mir, daß er mich verteidigt, wenn der Menschenfresser kommt. Jeden Morgen verspreche ich ihm, daß wir zusammen fortlaufen werden, wenn ich groß bin. Wir werden die Wälder durchstreifen auf der Suche nach den süßesten Brombeeren und nach Honig, in den er seine Tatzen tauchen kann. Dann werden wir glücklich sein, wie in allen Geschichten, die gut ausgehen.

Love

Es war alles geschehen, während sie schlief. Plötzlich war ihr ein Sack über den Kopf gestülpt worden wie den Kätzchen, wenn sie in den Fluß kommen. Dann war der Sack mit ihr drin auf einem Lastwagen gelandet. Dort auf dem Lastwagen lagen noch viele andere Säcke. Sie fuhren, aber wohin?

Niemand konnte das beantworten. Die Kleineren weinten, die Größeren rauften mit viel Krach. Nach etlichen Stunden hatte der Lastwagen angehalten. Rundum zirpten die Grillen, es war noch dunkel, irgendwo auf dem Land. Ein Mann mit vermummtem Gesicht war hinten aufgestiegen. Sie hatten sich auf den Boden legen müssen, und er hatte sie mit einer Plane zugedeckt. In drohendem Ton hatte er gesagt: »Rührt euch nicht, macht keinen Lärm, hustet nicht und lacht nicht. Wenn jemand zusteigt und Fragen stellt, haltet den Atem an.«

Auf der Plane hatte er dann Heuballen verteilt. Wenig später hatte der Lastwagen erneut angehalten. Andere Geräusche draußen. Motoren, die angelassen und abgestellt wurden. Quietschende Reifen, Hupen, laute Stimmen. Dann war wirklich ein Mann zugestiegen; in einer Sprache, die niemand von ihnen verstand, hatte er viele Fragen gestellt, immer dieselben mehrmals wiederholt. Der Fahrer hatte bedächtig, leise geantwortet; zum Schluß hatte er laut gelacht, auch der andere Mann hatte, während er vom Lastwagen herunterstieg, gelacht, als wären sie seit eh und je gute Freunde.

Die Fahrt war noch viele Stunden so weitergegangen.

Als sie aussteigen mußten, war es wieder Nacht. Dicht zusammengepfercht hatte man sie alle in eine winzige Wohnung gesperrt. Die Kleineren, wieder aufgewacht, hatten erneut zu weinen begonnen.

An jenem Ort waren sie etwa einen Monat lang geblieben. Bei ihnen war ein großer Mann mit Schnauzbart, der sich Dragomir nennen ließ. Manchmal war er freundlich, manchmal nicht. Dann schrie er mit angeschwollenen Halsvenen herum und teilte Faustschläge und Fußtritte aus. Das kam vor allem während der Unterrichtsstunden vor. Sie lernten, Handtaschen zu öffnen, Uhren vom Handgelenk abzumachen. Er trug die Handtasche oder die Uhr, alle anderen Kinder standen dicht um ihn herum. Der ausgewählte Schüler mußte sich unauffällig einen Weg bahnen und ihm mit flinken Fingern den Gegenstand abnehmen, als ob nichts sei. Fehler machten die Kleinsten, die Ängstlichsten. Wenn er eine Berührung spürte, bevor die Brieftasche verschwunden war, drehte er sich schreiend um, packte den Schüler am Kragen und prügelte ihn, den anderen Kindern zur Warnung, bis aufs Blut. Nach fünf geglückten Taschendiebstählen durfte man die Wohnung verlassen. Man ging nicht allein auf seinen eigenen Beinen fort, sondern mit einem eleganten Herrn, der schweigend ein großes, schwarzes und glänzendes Auto lenkte. Die Allerbesten verschwanden schon nach einer Woche. Die anderen gingen nach und nach in den folgenden drei Wochen.

Auch sie war in jenes Auto gestiegen. Mit ihr zusammen waren Alenka, Miranda und Bogoslav. Sie waren weit gefahren, auf einer langen, langen Straße, auf der das Auto raste. Bei einer Art Restaurant hatten sie angehalten. Die Luft war heißer als in der Stadt, wo die Wohnung gelegen war. Der Mann hatte sie aussteigen lassen, hatte ihnen Bonbons, Eis, belegte Brötchen gekauft. Er hatte alles gekauft, was sie wollten, als wären sie seine Kinder. Vor dem Kellner hatte er ihnen den Kopf gestreichelt.

Die neue Stadt war noch größer, mit Häusern in allen Formen und wenigen Bäumen. Sie machten eine Runde durch die Lager. Als letzte wurde sie abgesetzt.

Nun arbeitete sie schon seit drei Monaten auf jener Brücke, die von Riesen mit Flügeln und langen Haaren, alle aus weißem Stein, bevölkert war. Sie ging mit einem Stück Pappe in der Hand auf und ab, und oft hatte sie, seit sie dort war, die Mütter zu den Kindern sagen hören: »Hast du gesehen? Paß auf, sonst nehmen dich die Zigeuner mit.«

Das verstand sie nicht: sie war doch Zigeunerin, wer also hatte sie mitgenommen, so weit weg von zu Hause?

Vesna war zehn Jahre alt und hatte eine Hasenscharte: sie war in einem Stamm im Süden Jugoslawiens geboren worden. Ihre Mutter und ihr Vater hatten noch zehn Kinder. Vesna mit ihrer Scharte würde man nie verheiraten können. Also hatten sie sie im Spätherbst für zwei Winterreifen einem Händler überlassen.

Die neue Familie war nicht viel anders als die, die sie verlassen hatte. Es gab eine Mutter, einen Vater und viele kleine Geschwister. Der Vater, Mirko, arbeitete mit Autos, und die Mutter, die Zveza hieß, bettelte zusammen mit den kleineren Kindern im Zentrum. Abends jedoch, am Feuer oder beim Fernsehen, durfte sie sich zu niemandem setzen. Daran erkannte man, daß sie nicht ihre echte Tochter war, daß sie nicht einmal entfernt über weitläufige Stammeszugehörigkeit miteinander verwandt waren. Das einzige, was man von ihr wollte, war, daß sie jeden Abend mit vollen Taschen heimkehrte.

Es war immer Mirko, der sie empfing. Mit ausgestreckter Hand wartete er am Zelteingang auf sie. Wenn das Geld reichte, gab er ihr einen Napf Suppe, sonst packte er sie, stieß sie herum und schrie: »Hure, glaubst du, du bist hier im Hotel? Sind wir hier im Hotel? Im Grandhotel?«

Manchmal verbrachte Mirko den Abend mit Freunden und kam betrunken heim. Dann hielt sie sich den Kopf mit den Händen, und ihre Zähne schlugen so heftig aufeinander, daß sie sie nicht ruhighalten konnte. Auch ihr echter Vater trank oft. Dann lief sie rasch, sehr rasch davon, bevor er sie anrührte, rannte zum Fluß hinunter mit den Sprüngen eines Hasen. Dort, am Ufer, im Gebüsch versteckt, wartete sie auf das Morgengrauen.

Der Fluß! Der fehlte ihr mehr als alles andere. Es war so schön dort unten! Im Winter bildete sich eine dicke Eisdecke, und das Wasser floß darunter dahin. Im Frühjahr zerbrach das Eis und schlug mit lautem Krachen hier und dort gegen das Ufer. Es gab Bläßhühner, deren Eier man trinken konnte, und streitsüchtige Entenpaare. Außerdem gab es schmackhafte Beeren, im Sommer kühles Wasser zum Baden und die Frauen aus dem Dorf, die zum Wäschewaschen gingen und plapperten wie ein Radio, ohne je zu verstummen.

Auch unter der Brücke, wo sie jetzt war, gab es einen Fluß, einen großen, trägen, gelblichen Fluß, aber wenn sie ihn betrachtete, bedeutete er ihr einfach nichts. Doch wenn sie traurig war, schloß sie die Augen: und dann wurde sein Geräusch das Geräusch aller Flüsse und umspülte ihr Herz wie ein wärmeres Blut, hüllte es ein, erwärmte sie von innen. Fast jeden Tag war sie traurig, daher spielte sie fast jeden Tag dieses Spiel.

Auch an jenem Morgen kurz vor Sommerbeginn spielte sie es gerade. Die Luft war schon sehr warm, und um sich zu schützen, hatte sie sich direkt in den Schatten eines Engels gestellt. Um diese Stunde kam niemand vorbei. Daher hatte sie, das Gesicht von den Händen bedeckt, ruhig an ihren Fluß denken können, an all die Blumen, die dort nahe am Wasser wuchsen, und die darin versteckten Frösche.

Die Schritte auf dem Pflaster hatte sie nicht gehört. Nur plötzlich die Stimme, die gesagt hatte: »Ist dir nicht gut, Kleine?«

Sie hatte die Hände nicht vom Gesicht genommen. Da mußte ein Vater mit seinem Töchterchen in der Nähe sein. Doch dann hatte eine Hand ihren Kopf berührt, und so hatte Vesna aufgeschaut. Vor ihr stand ein Mann mit leicht graumelierten Haaren in einem weiten weißen Hemd. Der Mann hatte die Frage wiederholt, und sie hatte weder ja noch nein geantwortet und auch nicht, daß sie an den Fluß dachte, sondern war mit ausgestrecktem Arm vorgesprungen und hatte dazu geleiert: »Alles Gute, viel Glück und Gesundheit für Sie und die ganze Familie, alles Gute, Herr...«

Der Mann hatte gelächelt, er hatte sie angesehen, wie Männer einander ansehen, bevor sie sich zum Duell fordern, mit einem Blick direkt in die Augen, als wolle er in ihrem Inneren lesen. Und ohne den Blick abzuwenden, hatte er mit einer Hand in die Tasche gegriffen und zwei oder drei Münzen hervorgeholt. Anstatt sie einfach hinzuwerfen, hatte er sie ihr auf die Handfläche gelegt und sie dabei berührt. Der Mann hatte nichts mehr gesagt und sich zur anderen Seite gewandt, war davongegangen mit einem etwas zu langsamen Schritt.

Der Asphalt brannte ihr unter den Füßen. Hätte sie nach ihm rufen sollen? Sie hätte ihm folgen, ihn um weitere Münzen für die schwerkranke Mutter bitten können. Indessen hatte sich der Schatten des Engels mit dem Lauf der Sonne schon weit verschoben.

An jenem Abend hatte sie wenig Geld heimgebracht. Mirko hatte sie geschlagen, ohne etwas zu essen zu bekommen, war sie schlafen gegangen. Auf dem Fußboden zusammengekauert, hatte sie die Innenfläche der einen Hand an die Wange gelegt. Nein, es war keine Einbildung, dort, wo der Mann sie berührt hatte, war die Hand wirklich wärmer; selbst nach so vielen Stunden war sie noch warm.

In den folgenden Tagen war der Mann nicht mehr vorbeigekommen, sie hatte ihn aber trotzdem gesehen. Er stand aufrecht auf einem riesigen Plakat in der Nähe des Lagerplatzes, und rundherum waren viele Wörter geschrieben. Anders als bei ihrer Begegnung trug er einen großen schwarzen Schnauzbart und über dem weißen Hemd eine Pistole umgeschnallt. Neben ihm stand weder eine Waschmaschine noch ein Kühlschrank, und er hielt auch nichts in der Hand. Eher als um eine Verkaufsreklame schien es sich um einen Film zu handeln. Ein Schauspieler, natürlich, er war ein Schauspieler: mit diesen Augen konnte er nichts anderes sein.

War es das erste Mal, daß er auf der Brücke vorbeigekommen war? Ja, ganz bestimmt, denn sie hatte ihn noch nie zuvor bemerkt. Vielleicht war er auch fremd hier, genau wie sie. Lebte in einem großen Hotel mit Palmen oder lag an einem blendend weißen Strand, umgeben von fast nackten Tänzerinnen.

Anstatt zu lachen oder wegzugehen, hatte er sie berührt, als er ihre Lippe gesehen hatte.

Eines Nachmittags hatte Zveza sie ins Zentrum mitgenommen. Sie waren an zwei oder drei großen Hotels vorbeigekommen, und sie hatte hineingeschaut. Sie hatte auch in alle Taxis geschaut, in alle Autos mit dunklen Scheiben.

Nach zehn Tagen war die Haut der Hand noch warm wie in dem Moment, als er sie kurz gestreift hatte. Zum Einschlafen legte sie ihre Wange darauf und tat so, als sei die Hand etwas Kleines, Schutzloses, ein Kätzchen, ein Stoffbär.

Auf der Brücke schloß sie die Augen nicht mehr, der Fluß blieb nun stumm. Selbst wenn sie müde war, hielt sie die Augen weit offen wie eine Eule mitten in der Nacht.

Ende Juni gingen mehrere Wolkenbrüche über der Stadt nieder, die Touristen rannten in bunten Plastikmänteln vorbei und hielten sich ihre Handtaschen über den Kopf.

Der Himmel war genau wie der, den sie in einer Kirche in ihrem Dorf gemalt gesehen hatte, violett, grau, mit gelben Blitzen überall. Bei diesem Sturm boten auch die großen starken Engel keinen Schutz.

Während das Wasser ihr von den Haaren in den Hals lief, merkte sie, daß die von ihm berührte Hand allmählich feucht und kalt wurde, wie die andere. Es fehlten noch viele Stunden bis zur Rückkehr zum Lager, sie hatte genug Zeit, um zu versuchen, sie wieder warm zu bekommen. Auf dem Weg zum Kino verwandelte sich der Regen in Eiskörner, einer ihrer Schuhe ging kaputt, da steckte sie beide in die Tasche. Sie fand das richtige Kino, groß und aus Papier stand er davor, mit einer Pistole in der Hand. An der Kasse zog sie zwei Händevoll Kleingeld heraus. Die dort sitzende Frau zählte die Münzen eine nach der anderen, dann nickte sie und gab ihr eine blaue Eintrittskarte. Drinnen war fast niemand, sie setzte sich in die erste Reihe und streckte die Beine aus. So sprachen die Schauspieler nur zu ihr. Er war ein Polizist und hieß »der Rächer«. Das war nicht sein richtiger Name, sondern ein Name, den man ihm gegeben hatte, weil er seine Sache gut machte. Er schoß, prügelte und rannte wie kein anderer. Wenn die Autos mit Vollgas fuhren und hin und her schleuderten, wurde ihr beinahe schlecht. Sie fürchtete schon, der Mann im weißen Hemd werde verlieren, doch am Schluß triumphierte er über alle.

Der Film war dreimal aus gewesen und hatte dreimal wieder begonnen. Als Vesna dann zur Kreuzung an der Brücke kam, war das Auto, das die Kinder zum Lagerplatz brachte, schon abgefahren. Es regnete nicht mehr, aber Wind war aufgekommen. Was sollte sie tun? Sie wußte es nicht. Während sie so dachte, hatte sie angefangen, in den umliegenden Straßen auf und ab zu gehen.

Als sie ein Schaufenster mit Damenstrümpfen betrachtete, hörte sie hinter sich das Geräusch eines Autos. Die Tür öffnete sich, als sie noch nichts begriffen hatte, und eine Hand zog sie hinein. Wie mochte er sie gefunden haben? Es war Mirko. Er sagte etwas mit zusammengebissenen Zähnen, schlug sie ins Gesicht, auf ihre Hasenscharte. Da fühlte sie auf einmal ihre Zähne, das Zahnfleisch, die Nase, es war alles da, hart wie Holz. Sie schmeckte etwas Warmes im Mund, dann erinnerte sie sich an nichts mehr.

Sie erwachte beim Klirren einer Kette, es war ihre, man hatte ihr Fußgelenk damit an einer Eisenstange befestigt. Aus dem nahen Zelt klangen die Stimmen von Zveza, Mirko und ihren Kindern herüber. Sie saßen beim Essen. Vesna richtete sich so ein, daß sie weniger Schmerzen hatte. Was konnte man ihr schon anhaben? Nichts. Was sie wollte, war geschehen, nach dem Film war die eine Hand wieder wärmer als die andere. In jenen Tagen schlief sie viel, träumte auch. Auf Befehl des Polizeichefs kam er mit einer Maschinenpistole in der einen Hand und einem Messer in der anderen ins Lager. Niemandem gelang es zu entkommen. Sogar Mirko weinte und flehte. Man hörte einen Schuß, und dann war es still. Plötzlich fiel ein Licht auf ihr Gesicht: er kam und schloß sie in die Arme.

Das Licht gab es wirklich, aber es war Sveza, die ihr die Kette abnahm.

Noch am selben Tag fing sie wieder zu arbeiten an, auf derselben Brücke. Inzwischen war der Sommer gekommen, viele Touristen gingen vorbei, aneinandergedrängt wie Schafe auf der Weide oder allein unterwegs, wie Hirsche. Mit dem Pappschild in der Hand ging sie auf alle zu. Wenn sie ihr kein Geld gaben, versuchte sie, sich welches zu nehmen.

Eines Morgens hatte ein Schwarzer seine Waren gegenüber von ihr ausgebreitet, er verkaufte Kettchen und Plastikelefanten. Wenn er Kunden hatte, hielt er sie mit einem Blick fern, wenn sie allein waren, kam er näher, um sich zu unterhalten. Er redete sehr schnell, und sie verstand nichts. Einmal hatte er sie fest umarmt, da hatte sie ihn mit der Faust in den Bauch geboxt. Eine kleine Faust. Die Fäuste, die sie im Kopf hatte, waren nie wie die an ihren Händen. »Flop« hatte die Faust gemacht, und der Schwarze hatte sich lachend den Bauch gerieben. Sie hätte gern mit einer viel größeren Faust zugeschlagen.

Wer weiß, warum die Touristen auch nachts unterwegs waren. Nachts konnten doch nur die Tiere des Waldes etwas sehen, die Menschen nicht, und doch waren immer welche unterwegs. Sie waren fast immer jung, gingen dichtgedrängt, oft Arm in Arm. Sie sangen laut und falsch aus vollem Hals. Sie wirkten betrunken, waren es auch. Sie ließen lange Alkoholfahnen auf der Brücke zurück. Vesna folgte ihnen, bettelte um Geld. Sie taten so, als hörten sie nicht, oder sie drehten sich alle auf einmal zu ihr um, warfen die Münzen in die Luft, wie wenn man das Orakel befragt, und lachten, wenn sie sich eilig bückte, um sie aufzusammeln. Solange es hell war, strömten die Leute in Mengen vorbei wie das Wasser eines Flusses, dann kamen nur noch wenige auf einmal. Zwischen einer Gruppe und der nächsten war immer etwas Zeit. Genau in einer dieser Pausen hatte der Schwarze sich ihr erneut genähert, er hatte ihr einen kleinen Ring gegeben und gesagt: »Du und ich verlobt« und ihr sofort die Zunge in den Mund gesteckt. Sie hatte die Zähne zusammengebissen, und die Zunge des Schwarzen war dazwischen steckengeblieben. Eine heftige Ohrfeige, die ihr den Kopf verbog, war die Antwort gewesen.

Ihr noch eine zu verpassen war ihm jedoch nicht gelungen. Still und leise, als berührte er gar nicht den Boden, war jemand gekommen und hatte den Schwarzen festgehalten, ihn am Arm gepackt. Er trug ein weites weißes Hemd. Als er ihr mit einer Hand die Haare aus dem Gesicht strich, hatte ihr Herz einen Sprung getan, rasend schnell zu klopfen begonnen, bald bis an den Hals, bald weiter unten, in den Knien. Er war es wirklich, er in Person: der Rächer.

Kaum war der Schwarze fortgegangen, hatte er darauf bestanden, daß sie nicht allein auf der Brücke bleiben solle. Da hatte sie zum Himmel aufgesehen. So, wie der Mond stand, war noch eine ganze Weile Zeit, bis das Auto vorbeikam. Gefügig und stumm war sie ihm bis zu einem in der Nähe gelegenen Café gefolgt. Viele Touristen saßen im Freien an den kleinen Tischen. Sie setzten sich mitten unter sie, und der Mann fragte, was sie essen oder trinken wolle. Sie wollte ihm nur sagen, daß sie wußte, wer er war, auch wenn er keinen Schnauzbart hatte, daß sie ihn im Film gesehen hatte, wie er alle tötete, er war der Rächer. Er bestellte ein großes Eis mit Sahne und Waffeln für sie und einen gelben Likör für sich. Er stellte ihr viele Fragen. Ob sie eine Mama habe? Einen Papa? Wo sie geboren sei, weit weg? Ob sie je in die Schule gegangen sei? Sie wirke wie ein junges Fräulein, ein hübsches Fräulein. Aber wie alt sie denn wirklich sei? Ob sie Italienisch verstehe oder nur die Zigeunersprache spreche? Oder ob sie gar keine Zunge habe?

Während er das sagte, hatte der Mann sie am Kinn gekitzelt. Indessen war das Eis gekommen. Es stand vor ihr und schmolz wie Schnee, ohne daß sie den Mut aufbrachte, es zu essen.

»Sehen wir mal, ob du wirklich keine Zunge hast«, hatte der Mann daraufhin gesagt und mit dem Löffel voller Eis an ihre Lippen zu stupsen begonnen. Das machte sonst nur die Amselmutter mit ihren Küken so, dort unten im Gebüsch am Fluß. War sie denn sein Küken? Sie öffnete den Mund. Die Masse war glitschig und süß, rutschte ohne jede Anstrengung hinunter. Erst als der Becher leer war, erhoben sie sich. Ohne etwas zu sagen, faßte sie ihn am Handgelenk und führte ihn zur Brücke zurück. Sie warteten eine Weile. Der Mond stand tief über dem Horizont. Sie hatte nicht den Mut, ihm zu sagen, daß das Auto schon weg war. Zum Glück brach er das Schweigen zuerst, sagte, daß es zwecklos sei, bis zum Morgengrauen dort zu warten. Noch einmal überquerten sie die Brücke.

In seiner Wohnung standen schwere Möbel und ein riesiger Fernseher. Er hatte sie aufs Sofa gesetzt, ihr den Fernseher angeschaltet und war in einem anderen Zimmer verschwunden. Als gerade eine Katze, auf der Jagd nach Mäusen, hoch oben von einem Haus heruntergefallen war, ohne sich etwas zu tun, kam er zurück. Er trug eine Art leichten Mantel und nichts darunter. »Vor dem Schlafengehen nehmen wir ein schönes Bad«, sagte er und hob sie vom Sofa. Sein Geruch war anders als der von Mirko. Statt ihr Angst zu machen, bekam sie Lust zu lecken.

Er wollte ihr zuschauen, während sie sich auszog, und hatte sich mit den Händen in den Manteltaschen auf die Kloschüssel gesetzt.

Vesna hatte noch nie gebadet... wenn der Stöpsel aufging, nachdem sie hineingestiegen war, wo würde sie dann enden? Er half ihr. Mit einem weichen Schwamm rieb er ihr den Rücken ab, den Bauch, fuhr ihr zwischen die Beine. Und er hatte ihr auch die Haare naßgemacht, sie im Wasser ausgebreitet, als wären es Algen. Dann war sie mit all den Tropfen, die ihr am Körper entlangliefen, aus der Wanne gestiegen, und er hatte sie in ein Handtuch gewickelt. Ganz sacht hatte er sie abgetrocknet und dabei ab und zu mit den Händen innegehalten.

In der Wohnung gab es ein Zimmer, das sie noch nicht kannte. Es war hell, mit einem kleinen Bett in der Mitte und vielen Spielsachen rundherum. Dorthin führte sie der Rächer, ließ sie ohne Kleider unter die Decke schlüpfen. Dann nahm er ein Buch und begann, ihr eine Geschichte vorzulesen. Sie handelte von einem Spielzeugsoldaten mit nur einem Bein, der sich in eine Tänzerin verliebte, die auch nicht echt war, sondern aus Papier.

Als sich die Lippen des Mannes auf die ihren legten, zuckte sie zusammen, weil sie schon fast eingeschlafen war. Sie krümmte ihren Körper. War das das Ende der Geschichte?

Während der Nacht erschien ein Traum hinter ihren Augenlidern. Sie war ein Kätzchen. Mit der warmen Zunge putzte die Mutter sie, hin und her, und sie zitterte am ganzen Leib. Nicht so, wie wenn sie auf der Brücke fror, sondern so, als flösse der Fluß mit seiner lauen Wärme durch sie hindurch.

Am nächsten Morgen verließ der Rächer sie kurz vor der Brücke. Bevor er fortging, steckte er ihr zwei oder drei Tausend-Lire-Scheine in die Taschen. Sie mußte rechtzeitig gekommen sein, weil noch keine Touristen da waren, sondern nur die Leute, die eilig zur Arbeit gingen. Der Tag verlief genauso wie alle anderen. Nein, nicht genauso. Wenn zwischen den anderen Hemden ein weißes Hemd auftauchte, schlug ihr das Herz bis an den Hals, oder bis in die Knie.

Sie hatte ihm keine Fragen gestellt. Auch er hatte nicht gesagt »ich komme zurück« oder »warte auf mich«. Wenn es einmal passiert war, konnte es auch wieder passieren. Sein Geruch war ein wenig so wie der, der morgens aus den Konditoreien drang.

Nachts begab sie sich pünktlich zu der Stelle, wo das Auto sie abholte. Die vorher eingesammelten Kinder schliefen schon auf dem Rücksitz. Der Fahrer machte keinerlei Bemerkung, als er sie wieder dort stehen sah, rasch fuhr er durch die Stadt, wie jede Nacht. War es möglich, daß niemand im Lager ihre Abwesenheit bemerkt hatte?

Es mußte so sein. Mirko schlug sie nicht, als sie ins Zelt trat. Die kleinen Geschwister hängten sich schreiend an ihre Beine.

Aber es war nicht so. Als schon alle auf ihren Strohsäcken lagen, näherte sich Mirko dem ihren. Er sprach leise, das hatte er noch nie getan. Er hatte die Hose offen und eine Hand darin. Er legte sich neben sie, biß ihr ins Ohr, um ihr wehzutun.

»Du Hure«, sagte er, »du kleine Hure, wenn du den von den anderen nimmst, dann nimm auch meinen.« Er legte sich auf sie, schob ihr den Rock hoch. Beim ersten Versuch gelang es ihm nicht, hineinzukommen, und auch beim zweiten nicht. Da brauchte er Gewalt, spreizte ihre Beine, drang in sie ein, wie man es bei einer Tür macht, wenn man keinen Schlüssel hat und sie mit Fußtritten aufstößt.

Er drang in sie ein, und etwas war gerissen, riß immer noch, je länger er weitermachte, um so mehr brannte es, es brannte wahnsinnig, wie Feuer, jedesmal hoffte sie, er würde herausgehen, und jedesmal irrte sie sich, er ging und ging nicht heraus.

Dann, als sie die Hoffnung aufgegeben hatte, war alles vorbei, und er war wie tot auf sie gefallen. Nach einer Weile war er mit noch offener Hose ins Bett seiner Frau zurückgekehrt.

Am nächsten Morgen stand Vesna wieder auf der Brücke. Der Schmerz ließ sie mit zusammengepreßten Beinen gehen. Jedesmal, wenn sie einem Kunden entgegenlief, tat es ihr im Inneren weh. Deshalb, und auch, weil sie mit den Gedanken anderswo war, verdiente sie an jenen Tagen weniger als gewöhnlich.

Mirko zog es jedoch im Augenblick noch vor, statt sie zu schlagen jene andere Sache zu machen. Sie hatte gelernt, sich an seiner Stelle den Rächer vorzustellen, sie roch seinen Duft, sah seinen behaarten flachen Bauch. Manchmal aber war sie zu müde zum Phantasieren; dann wandte sie den Kopf zur Seite und zählte die Gegenstände, die auf dem Fußboden herumlagen.

Weiße Hemden waren viele vorbeigekommen, aber seines nie. Wer weiß, wo er war? Vielleicht kämpfte er gerade in einer gefährlichen Sache.

Indessen hatte sie einen anderen Namen für ihn gefunden. Vor einigen Tagen war in der Nähe der Brücke ein neues Plakat aufgestellt worden. Darauf war eine junge Dame in Höschen und Büstenhalter abgebildet, die auf Zehenspitzen stand und einen herzförmigen Luftballon in der Hand hielt. Daneben stand etwas geschrieben, mit Buchstaben, rot wie ein Mund. Sie hatte ein Kind, das lesen konnte, gefragt, was da stünde. Love, hatte es zu ihr gesagt. Love war das Herz, war diese Sache, die sie innerlich für ihn empfand. Love, love hatte sie sich tagelang immer wiederholt, als wäre es ein Lied mit nur einem Wort.

Eines Nachts war dann folgendes passiert: Mirko hatte gemerkt, daß von ihr nur ihr Körper da war, und war wütend geworden. Er hatte sie hierhin und dorthin gestoßen, gegen die Tischkante, gegen die Gasflasche. Dann hatte er ihn ihr in den Mund gesteckt, bis dieser eklige Schaum herausgekommen war. Sie hatte sich vor ihm übergeben. Als sie allein war, hatte sie sich noch einmal übergeben. Sie wollte weinen, kniff die Augen zusammen, kniff sie zusammen, aber es nützte nichts.

Am nächsten Morgen, auf der Brücke, hatte sie beschlossen, einen Zauber anzuwenden, den sie als Kind kannte: Sie hatte Love gesagt, hatte viele Male im Kreis gespuckt. Die Zauber wirken, wenn man sie selten anwendet und wenn sie von Herzen kommen.

Sie wirken, bestimmt wirken sie. Kurz vor der Mittagszeit entdeckte sie sein weißes Hemd, er schlenderte dahin, als habe er kein bestimmtes Ziel. So war er an ihr vorbeigegangen, ohne hinzuschauen. Hatte sie bei dem Zauber vielleicht etwas vergessen? Dann schrie sie: Love! Das Wort war wie ein Pfeil, ein Messer: es traf ihn mitten in den Rükken, und er drehte sich um, kam zurück, die Hände in den Taschen.

In der Küche seiner Wohnung hatte er ein kleines Mahl für sie beide hergerichtet. Sie hatte den Mund überhaupt nicht aufgemacht, er war es gewesen, der zu ihr gesprochen hatte. Er hatte ihr gesagt, er sei Lehrer, unterrichte technische Fächer in einer Schule ziemlich weit außerhalb.

Bestimmt war das ein neuer Film, in einem war er Polizist, im anderen Lehrer. Er hatte viele Bücher gelesen, wußte eine Menge Dinge. Aber er war trotzdem stark, unter dem Hemd sah man seine gespannten Muskeln, bereit zum Zuschlagen.

Beim Essen hatte er sie auf die Knie nehmen wollen, hatte

sie ganz zärtlich gefüttert wie die Vögelchen im Nest. Dann hatte er darauf bestanden, ihr ein Bad einzulassen. Er hatte sie ausgezogen wie beim ersten Mal und auch selbst seine Kleider abgelegt. »Du bist wunderschön«, hatte er zu ihr gesagt und hatte ihr mit einer Hand über den Rücken gestrichen und auf dem Po innegehalten. Im Wasser hatte er sie aufgefordert, ihm zu zeigen, wie sie innen aussehe, die Beine zu spreizen. Sie hatte Angst bekommen: und wenn er nun zufällig merkte, daß Mirko auch da gewesen war? Nein, sie wollte nicht.

Doch als er sich heruntergebeugt und sie ganz langsam, als suche er etwas in ihrem Mund, mit der ganzen Zunge geküßt hatte, hatte sie an nichts mehr gedacht und die Beine waren von allein auseinandergegangen. In der lauen Wärme des Wassers hatte er zwei Finger hineingeschoben. Er selbst saß auf dem Klo, hielt auch eine Hand zwischen den Beinen und bewegte sie mit geschlossenen Augen hin und her.

Als sie aus der Wanne gestiegen war, hatte er ihr ein Nachthemd übergestreift. Obgleich die Sonne hoch stand, hatte er sie ins Bett gebracht. Das Zimmer war das vom letzten Mal, mit dem hellen Bett und all den Spielsachen rundherum. Sie wollte ihn bitten, die Geschichte von dem einbeinigen Zinnsoldaten fertigzuerzählen. Sie hatte sich in jenen Wochen immer gefragt, wie sie denn wirklich ausging, doch er hatte gesagt: »Nimm den in den Arm und schlaf« und hatte ihr einen Stoffbären in die Hand gedrückt. Dann hatte er das Licht ausgeknipst und war geräuschlos hinausgegangen.

Vesna hatte versucht, ihm zu gehorchen, aber es war ihr

nicht gelungen, sie hatte die Augen geschlossen, als schliefe sie, aber sie schlief keineswegs, sie war auch noch wach, als er zurückkam, als er ganz leise das Nachthemd hochschob und sich auf sie legte. Je mehr er sich bewegte, um so mehr redete er. Auch sie sprach innerlich, sagte: »Love, love, mein love.«

Vier Tage war sie in seiner Wohnung geblieben. Sie badeten immer zusammen, aßen, sahen fern. Jedesmal, wenn sie im Bett so tat, als schliefe sie, stieg er auf sie und bewegte sich vor und zurück. Am zweiten Tag hatte jemand an der Tür geläutet. Sie hatte Angst, es wäre Mirko. Love wußte es vielleicht, denn er hatte nicht aufgemacht. Er hatte nicht einmal gefragt: »Wer ist da?« Einige Male hatte auch das Telefon geklingelt, und er hatte sie in ein anderes Zimmer geschoben, bevor er abnahm. Während er sie hinausschob, hatte er zu ihr gesagt, sie solle sich still und ruhig verhalten.

Dann, eines Morgens, war er früher aufgestanden. Er hatte sie ihre gewöhnlichen Kleider anziehen lassen. Immer etwas vorausgehend, hatte er sie in die Nähe der Brücke begleitet. Er hatte sich zum Abschied nicht mehr umgedreht. Er hatte auch nicht versprochen zurückzukehren. Diesmal wußte sie jedoch, daß er zurückkommen würde. Sie war sich dessen sicher. In der letzten Nacht, während er sich überaus heftig bewegte, hatte er ihr zugeflüstert: »Ich will dich ganz, meine Kleine, ganz, ich will ein Kind mit dir, wir zusammen, unser Kind.«

Love. Das wollte sie auch. Sie wollte ein Kätzchen, dem sie für immer Milch geben könnte.

Sie hatte den ganzen Tag auf der Brücke verbracht, als sei sie nie weggewesen. Als der Mond aufging, war sie zu dem Treffpunkt mit dem Auto gegangen. Sie fürchtete sich ein wenig, und doch wieder nicht. Ob man sie schlagen würde, weil sie so lange fortgewesen war? Bestimmt erwartete sie ein Haufen Schläge, aber sie würde einfach sagen, was passiert war. Bald würde sie heiraten, zuerst ein Kind bekommen und dann ganz viele, und alles wäre in Ordnung. Vielleicht könnten sie sogar ein großes Fest für sie geben.

Der Mond hatte nun die Hälfte des Himmels überschritten. Das Auto kam nicht. Es waren auch keine anderen Kinder da, die darauf warteten. Der Mond war weiter hinabgewandert, und sie stand immer noch dort. Nur ein Polizeiauto war vorbeigekommen, hatte die Fahrt verlangsamt. Sie hatte sich hinter einer großen Platane versteckt, hatte eine Weile starr auf die Rinde geschaut. Zwei Ameisen liefen darauf im Kreis herum, bewegten die Antennen, als riefen sie sich ohne Stimme.

War es möglich, daß sie sie vergessen hatten? Daß sie die Stadt verlassen hatten? So oft hatte sie Mirko sagen hören, wir werden in den Norden ziehen, wo die Leute reicher sind. Oder es konnte auch noch etwas anderes passiert sein: Love war, nachdem er sie verlassen hatte, ins Lager gegangen, wollte um ihre Hand anhalten. Mirko hatte ihn abgewiesen, da hatte Love sie alle mit einem einzigen Magazin erschossen. Jetzt war er zu Hause und ruhte sich aus, es war an ihr, ihn aufzusuchen.

Als auf der dem Mond gegenüberliegenden Seite die Sonne hervorkam, machte sich Vesna auf den Weg zu seiner Wohnung. Sie erreichte das Haustor, als gerade die ersten Busse vorbeifuhren. Sie hob den Kopf, die Fensterläden standen offen, eines der Fenster war erleuchtet. Sie berührte den Klingelknopf, als wäre er aus glühender Kohle, streifte ihn kaum. Sie wartete einen Schritt von der Tür entfernt, nichts geschah. Sie drückte noch einmal, energischer. Sie ließ den Finger darauf liegen und zählte bis drei. Ihr Herz hatte indessen wieder angefangen zu rasen, es beschleunigte ihren Atem, saß im Hals, auf der Zunge, es raste, als wäre sie gerannt, dabei stand sie doch ganz still.

Sie hatte nicht den Mut, ein drittes Mal zu läuten.

Wahrscheinlich, dachte sie, schlief Love tief; so tief, daß die Geräusche nicht an sein Ohr drangen. Während sie wartete, merkte sie, daß sie Hunger hatte. Also ging sie in eine Bäckerei und gab all ihr Geld für Hörnchen und Brötchen aus. Nachdem sie mit Essen fertig war, beschloß sie, noch ein wenig zu warten, bevor sie zu dem Haustor zurückging. Sie war ja nun frei, konnte umherschlendern wie alle anderen, vor den Schaufenstern stehenbleiben, solange sie wollte.

Und genau als sie die Auslagen betrachtete, kam ihr jene Idee. Die Idee, mit einem Geschenk zu Love zurückzukehren. Sie entschied sich für eines, als sie zwischen den anderen Dingen eine kleine rosa Seife liegen sah, die wie ein Herz geformt war. Das Problem war, wie sie es anstellen sollte, es zu bekommen. Wenn es in einem dieser riesigen Geschäfte gelegen hätte, wo dich keiner anschaut, wäre es leicht gewesen, es zu nehmen. Es lag aber in einem winzigen Geschäft, wo die Inhaberin hinter dem

Ladentisch stand, und daher mußte sie, bevor sie es bekommen konnte, erst das Geld haben.

Jetzt waren viele Leute auf der Straße. Brechend voll fuhren die Autobusse vorbei, mit niedrigen Reifen. Sie wählte einen aufs Geratewohl. Er war so voll, daß sie nur mit Mühe einsteigen konnte.

Ellbogen, Hosentaschen, Hintern und Handtaschen, nachgiebige und pralle Bäuche. Wie lange würde die Fahrt dauern? Man mußte rasch entscheiden, unter die Menge gemischt aussteigen, solange man noch im Zentrum war. Schulkinder, Herren im Sakko, Chinesen mit Plastiktaschen. Endlich eine geräumige Tasche aus weichem Leder, neben einer eleganten Frau.

Als die Finger die Brieftasche berührten, sah sie Love vor sich und sich selbst, wie sie ihm das Herz reichte.

Ein Schrei ertönte. Jemand packte sie an den Haaren, jemand anderes verpaßte ihr zwei Ohrfeigen, einer schrie aus dem Hintergrund dem Fahrer zu: »Halt!« Der Dame bebte die Stimme, sie sagte: »Wenn Sie nicht gewesen wären, hätte ich es nie gemerkt.« Und der Mann entgegnete: »Wenn man einen von denen herumlungern sieht, muß man immer die Augen offenhalten.« Indessen hielt er Vesna an der Gurgel, als wäre diese der Griff eines Regenschirms. Die Polizei traf mit blinkenden Scheinwerfern ein, die Polizisten brauchten gar nicht einzusteigen, denn sie flog schon heraus, von einem Fußtritt hinuntergestoßen.

Das weiß-blaue Auto fuhr schnell und machte ein Geräusch, als wäre sie die wichtigste Person auf der Welt. Sie luden sie in einem großen Gebäude in einem Zimmer ab, in dem sich schon viele andere Leute befanden. Auf zwei Bänken saßen sie alle an der Wand entlang, blickten zu Boden oder hielten sich, um nichts zu sehen, die Hände vors Gesicht. Nach langer Zeit wurde sie gerufen. Sie hatte kalte Füße, und ihr Bauch war wieder leer. Und wenn Love nun, da er sie nicht nach Hause kommen sah und sie auch nicht auf der Brücke vorfand, gedacht hatte, daß sie für immer fortgegangen war, daß sie sich nichts aus ihm machte?

Als die Frau in Uniform hinter dem Tisch sie nach ihrem Namen fragte, begann sie plötzlich zu weinen, ohne zu wissen warum. »Sie stellen sie serienmäßig her, mit Tränen in der Tasche!« rief hinter ihr ein Mann aus.

Die Frau beugte sich zu ihr hinüber und fragte noch einmal mit freundlicher Stimme: »Wie heißt du?« Der Mann in der ersten Wohnung, der ihr so viele Dinge beigebracht hatte, hatte ihnen auch eingebleut: »Sagt nie euren wirklichen Namen.« Auf die dritte Frage der Frau hin hob Vesna den Kopf und murmelte mit noch feuchten Augen: »Love.«

Wie alt sie war? Sie war so alt wie die ausgestreckten Finger an allen beiden Händen.

Später stieg sie zusammen mit anderen Mädchen in einen Lieferwagen. Er hatte zwei winzige vergitterte Fenster, so daß man die Geräusche von draußen hörte, aber nichts sah. In einem großen zementierten Hof mit zwei Bäumen in der Mitte stiegen sie aus. Noch einmal mußte sie in einem anderen Zimmer warten. Dann rief eine Frau sie herein, sie wurde photographiert, bekam eine Nummer, wurde gewogen, es wurde gemessen, wie groß sie war. Einmal, mit ihrem echten Vater, hatten sie ihr einziges Pferd an einen Ort gebracht, der fast genauso ausgesehen hatte. Es war gewogen, gemessen, in einen anderen Raum geschleppt worden. Ausgestreckt liegend kam es dort wieder heraus, der weiße Stern mitten auf der Stirn war rot gefärbt, unaufhaltsam schoß eine Fontäne daraus hervor wie eine Quelle im Felsen. Würde es ihr nun ebenso ergehen?

Die Dame, die sie abholen kam, hatte nicht wenig Mühe, sie dazu zu bewegen, ihr zu folgen. Es war wieder ein anderes Zimmer, in dem zwei Stühle und ein Tisch standen. Die Dame hatte ihr nacheinander verschiedene Flecken gezeigt, hatte sie gefragt, was ist das, was ist jenes? Was konnte es anderes sein, wenn es keine Flecken waren? Es waren Flekken. Anschließend hatte sie ihr mit ruhiger Stimme eine Menge Fragen gestellt. Wie alt sie wirklich sei? Wo denn ihre Mama, ihr Papa, ihre kleinen Geschwister seien? Ob sie in die Schule gehe? Ob sie lesen und schreiben könne, ob sie wisse, warum sie hier sei? Dann war sie aufgestanden, hatte gesagt: »Nun gut, wenn du dich entschließt zu reden, brauchst du mich nur rufen zu lassen.«

Sie hatte ihr einen Stift und ein Blatt Papier hingehalten. Mit dem Finger hatte sie ihr gezeigt, wo sie unterschreiben solle. Die Unterschrift, hatte sie wiederholt, also, deinen Namen. Wenn ihr Name Love war, wie konnte dann die Unterschrift aussehen? Ein Herz, natürlich. Sie nahm den Stift, als wäre es ein Löffel, und malte ganz vorsichtig, auf die Umrisse achtend, seine Form.

An den folgenden Tagen geschah nichts.

Sie war mit anderen Mädchen in einem Zimmer untergebracht. Wenn es Zeit war zu essen, aß sie, wenn es Zeit war hinauszugehen, ging sie in den Hof. Hätte es nicht Love gegeben, wäre es ihr hier richtig gutgegangen: niemand belästigte sie, sie aß mehrmals am Tag, schlief, wann sie Lust dazu hatte. Wenn sie auf dem Feldbett lag, erzählte sie sich, um seine Nähe zu fühlen, die Geschichte von dem einbeinigen Zinnsoldaten.

Die Geschichte ging so: Er war in einer Schachtel zusammen mit vielen anderen Zinnsoldaten, die noch beide Beine hatten, in dieses schöne Haus gekommen. Dort wohnte eine Tänzerin. Die Tänzerin hatte auch zwei Beine, da sie aber immer auf einem Bein stand, wirkte es, als hätte sie nur eines. So verliebte er sich in sie. Aber sie sind weit voneinander entfernt, und er kann nicht mit ihr sprechen. Eines Tages steht der Soldat auf dem Fensterbrett, es kommt ein Windstoß, und er fällt herunter. Ein Kind setzt ihn in ein Papierboot, und das Bötchen schwimmt rasch auf dem Wasser davon, begegnet einem Fisch, und der Fisch frißt es auf. So landet der einbeinige Zinnsoldat in dem Bauch des Fisches, als wäre er sein Kind.

Die Geschichte, die sie kannte, endete hier, aber das konnte nicht das richtige Ende sein, weil sie gesehen hatte, daß noch viele Seiten zu lesen waren, also ging die Geschichte noch weiter und endete erst später.

An einem jener Tage, während sie so dalag und sich die Geschichte vorsagte, war eine Frau an die Tür gekommen und hatte laut »Love« gesagt. Wenn man sich mit einer Dorne in den Fuß sticht, springt man so, wie sie aufgesprungen war, als sie jenen Namen hörte. Sie war der Frau durch die Flure gefolgt und von einem Bein aufs andere hüpfend neben ihr hergegangen.

Love mußte dort hinter einer dieser Türen sein. Sollte sie

ihm mit einem Sprung um den Hals fallen, sowie sie ihn sah? Ja, und er würde sie mit seinen starken Armen ein wenig in der Luft halten. Dann würden sie von dort weggehen. Draußen erwartete sie ein Auto. Es führe rasch mit ihnen davon.

Als die Frau die Finger auf die Klinke legte, ging sie ein wenig in die Knie, zum Sprung bereit... die Tür öffnete sich: da stand nicht Love, sondern ein Mann im weißen Kittel.

Der Mann sagte: »Herein mit der Liebe!« Er hob sie hoch, setzte sie auf eine Liege und sagte: »Zieh dir den Schlüpfer aus.«

Er war nicht wie Mirko und auch nicht wie der Rächer. Statt ihr sein Ding hineinzustecken, steckte er ein Eisen hinein. Anstatt freundliche oder häßliche Worte zu sagen, schwieg er. Zum Schluß wusch er sich die Hände unter fließendem Wasser, obwohl er sie sich gar nicht schmutzig gemacht hatte. Während er sie wusch, hatte er hmm, hmm gemacht, und als sie, wieder mit Schlüpfer, von dem Liegebett heruntergestiegen war, hatte er zu ihr gesagt: »Da drinnen ist ein Kind, weißt du das?«

Hatte er es hineingetan, es mit dem glänzenden, kalten Eisen hineingeschoben? Das konnte nicht sein, sie hatte es genau betrachtet, bevor er es hineinsteckte: es sah aus wie ein Löffel; halb wie ein Trichter und halb wie ein Löffel, und vorn drauf und in der Mitte war einfach gar nichts. Also war es Love gewesen, Love, er hatte es ihr in der letzten Nacht hineingetan, ohne daß sie es gemerkt hatte. Er hatte gesagt: »Ich will dich ganz, ich will ein Kind mit dir, ganz für uns allein«, und da war das Kind gekommen. Es hatte sich dort drinnen eingenistet wie in einem kleinen Häuschen.

Deshalb hatte sie in den letzten Tagen nie Hunger. Sie hätte so viel essen können, wie sie wollte, aber sie hatte auf nichts Lust, höchstens, sich zu übergeben. Ja, sich zu übergeben, wie damals, als Mirko ihn ihr in den Mund gesteckt hatte. Indessen wuchs das Kind dort drinnen, es wuchs schon seit vielen, vielen Tagen.

Manchmal schlägt man Eier auf, um sie zu essen, und dann kann man sie gar nicht essen, weil kein Eigelb da ist, sondern etwas, das aussieht wie Spucke. Nur etwas fester war es als Spucke.

Einmal hatte sie genau hingeschaut, auf der Spucke waren so etwas Ähnliches wie zwei Augen und ein weiches, leicht geöffnetes Teil, das der Schnabel zu sein schien. Kurz, wenn es noch ein wenig dort drin blieb, wurde ganz bestimmt ein Küken daraus.

Dort, wo der Bauch gewesen war, hatte sie jetzt ein Ei, und das Ei würde weiter und weiter wachsen, bis man erkennen konnte, daß etwas darin war. Es wuchs, es wuchs jetzt schon. Wenn man im Februar die großen Erdschollen aufhebt, ist Gras darunter, es ist schon richtig kräftiges Gras, aber noch unten drunter.

Es wächst, dachte sie und legte sich mit den Händen auf dem Bauch auf ihr Feldbett.

Am nächsten Morgen war sie nicht mehr dort, sondern saß mit einer Dame, die sie an der Hand hielt, im Zug. Man hatte ihr gesagt, sie sei noch zu klein, um an diesem Ort zu bleiben, und sie an den Bahnhof gebracht. Sie war noch nie Zug gefahren. Es war schön. Wenn man sich auf die eine Seite setzte, ging die Welt vorwärts, wenn man sich auf die andere setzte, rückwärts. Es war um so schöner, weil sie wußte, daß all diese Bewegung stattfand, um sie zu Love zu bringen. Niemand hatte es ihr gesagt, aber sie wußte es trotzdem. Es gibt Dinge, die weiß man einfach, wie die Vögel wissen, wann der Winter kommt. Die Dame war freundlich, ab und zu fragte sie: »Willst du etwas essen? Mußt du aufs Klo?«

Doch sie wollte nichts, sie wollte nur bald ankommen, möglichst bald.

Dann war sie eingeschlafen. Während der Kopf hin und her fiel und anstieß, hatte sie geträumt. Anstelle ihres Gesichts hatte sie das Gesicht eines Engels von der Brücke. Das Gesicht war aus Stein, es zerfiel ihr in Stücke, und sie konnte nichts dagegen tun. Als sie versuchte, es festzuhalten, hörte sie die Stimme ihrer echten Mama. Laut rief die Mutter über die Wiesen rundherum nach ihr, aufgebracht, aber Vesna antwortete nicht. Sie saß in einem Busch und hatte ein Ei zwischen den Beinen. Das Ei öffnete sich, und statt eines Kükens kam ein Engel heraus: ein Engel wie der von der Brücke, aber ganz leicht, so leicht, daß er sie an der Hand nahm und mit ihr gen Himmel flog. Wie der Himmel beschaffen war, erfuhr sie dann nicht mehr, weil sie sich plötzlich in Loves Wohnung befand. Sie war allein zu Haus und wußte, daß er gleich kommen würde. Sie war so froh, daß sie auf und ab lief, wie die Hunde es machen, wenn sie sich freuen. Sie hörte die Schritte auf der Treppe. Sie stand bereit, als die Türe aufging, und statt Love war es ihr Vater. Er packte sie am Arm, bog ihn ihr nach hinten, und sie fiel hin. Dabei schlug sie mit dem Kopf hart gegen den Boden.

Plötzlich war sie wach. Wo war sie? Ach ja, sie saß im Zug.

Die Welt draußen ging nirgendwo mehr hin. Es war dunkel, und man konnte nichts erkennen. Doch sie wußte auf einmal, wohin sie unterwegs war. Es ging zu ihren wahren Eltern, zu ihren kleinen Geschwistern dort unten am Fluß.

Sie packte die Dame am Arm, rüttelte ihn, schrie: »Pipi.«

Sie blieb eine Weile im Klo. Die Dame stand draußen und klopfte ab und zu. Als der Zug die Fahrt verlangsamte, zog sie den Bauch ein, soweit sie konnte, versuchte, zu werden wie diese platten, glitschigen Tiere, die im Wasser leben und Blut saugen. Auf diese Weise zwängte sie sich durch den Fensterspalt hindurch, und sowie der Zug noch langsamer fuhr, ließ sie sich hinunterfallen. Unten war Gras, da Herbst war, wuchs es nicht mehr.

Vier ganze Tage brauchte sie, um in Loves Stadt zurückzukehren. Sie stieg in Autos und Lastwagen ein und wieder aus. Manche Fahrer verlangten etwas dafür, daß sie sie mitnahmen, und sie ließ sie machen, wie sie Mirko hatte machen lassen, ohne nachzudenken. Als sie in den Vorstädten ankam, war es tiefe Nacht. Anstatt sogleich zu ihm zu gehen, schlüpfte sie in ein offenes Haustor. Sie versteckte sich zwischen den Kellern und dem Treppenaufgang. Sie schlief überhaupt nicht. Dies war die letzte, wirklich die letzte Nacht, die sie nicht in dem Bett schlief. Konnten einem unsichtbare Engelsflügel an den Füßen wachsen, dort wo sonst die Schuhe sind? Am nächsten Morgen würde es so sein, sie wollte zu ihm hinfliegen. Anstatt die Treppe hinaufzugehen, würde sie direkt vor Loves Wohnung landen. Er schliefe noch um diese Zeit, schliefe wie ein Kind. Erst wollte sie ihm ein wenig beim Schlafen zusehen, dann würde sie ganz leise mit den Knöcheln an die Scheibe pochen. Er würde aufspringen, das Fenster öffnen. Leichtfüßig wollte sie hineinhüpfen und ihm den Bauch zeigen, das Ei, das im Bauch heranwuchs. Von jenem Augenblick an hätten sie für immer glücklich und zufrieden zusammengelebt.

Im Morgengrauen war sie mit einem Bus bis zum Fluß gefahren. Von dort war sie zu Fuß weitergegangen. Die Schuhe waren immer noch dieselben, keine Flügel waren an ihrer Stelle zum Vorschein gekommen. So war sie, anstatt zu fliegen, gezwungen, von unten hinaufzuschauen. Zwei Fenster waren erleuchtet, und eines stand offen. Als sie klingelte, stieg das Läuten auf einem geheimen Weg in die Wohnung hinauf und kehrte durch die geöffneten Scheiben zu ihren Ohren zurück. Das Herz war ihr indessen in die Kniekehlen gerutscht, und sie wußte nicht, wie sie es wieder heraufholen sollte. Sie klingelte noch einmal, das Herz klopfte ihr bis an den Hals, und nichts geschah. Oder besser gesagt, etwas schon, aber sie wußte nicht, ob es wahr sein konnte oder nicht. Hinter einem Vorhang war flüchtig eine Gestalt erschienen. Eine Gestalt, die aussah wie eine Frau.

Und wenn Love nun inzwischen, während sie fort war, woandershin gezogen wäre, in eine größere Wohnung? Um das zu erfahren, konnte sie nur eins tun, nämlich die Leute fragen, die jetzt dort wohnten. Zwei Personen traten aus dem Haustor. Als die dritte, ein dickliches Kind, herauskam, schlüpfte sie hinein. Immer zwei Stufen auf einmal nehmend, rannte sie die Treppe hinauf, hielt kurz vor der Türe inne, um wieder zu Atem zu kommen. Auf dem Treppenabsatz spürte sie etwas, was sie vorher noch nie bemerkt hatte. Auch wenn sie ganz still und bewegungslos dastand, bewegte sich etwas, etwas rührte sich in ihrem Bauch. War das schon ihr Kind? Wollte es so früh heraus? Wenn Love es schon draußen sah, konnte er denken, es sei von jemand anderem. Es mußte noch warten. Sie legte eine Hand auf den Bauch und sagte es ihm ganz leise. Sie sagte: »Hab keine Eile, wir werden dann noch ganz lange zusammensein, du, ich und auch Papa.«

Dann stellte sie sich auf die Zehenspitzen und läutete. Hier war das Geräusch der Klingel viel stärker, man konnte alles hören, was hinter der Tür vorging. Und tatsächlich hörte sie, hörte, wie die Stimme eines Kindes sagte: »Wer mag das sein um diese Zeit?« und die Stimme einer Frau antwortete: »Vielleicht ist es der Eilbriefträger.« Schritte näherten sich der Tür. Vesna warf die Haare, die ihr übers Gesicht fielen, nach hinten über die Schultern und richtete sich auf. Aber die Frau trat nie vor sie hin. Aus dem Hintergrund der Wohnung hörte man die Stimme eines Mannes. »Mach nicht auf«, schrie die Stimme, »um diese Zeit sind es nur Zigeuner oder Zeugen Jehovas!«

Love.

Einen Augenblick lang dachte sie: »Es ist nicht wahr. Es klingt wie er, aber er ist es nicht.« Auch wenn sie gewollt hätte, hätte sie nicht weggehen können. Ihre Füße waren zu

Holz geworden. Das Holz mit seinen Wurzeln dehnte sich, die Beine hinauf, über den ganzen Körper aus. Das Herz war noch da, doch es war jetzt wie versteinert, als habe es zu schlagen aufgehört. So hörte sie noch weiter sprechen.

»Erzähl mir die Geschichte zu Ende«, sagte die Stimme eines Kindes, und die Stimme des Mannes: »Du bist schon zu spät dran, ich erzähle sie dir heute abend, bevor du ins Bett gehst.« Die Stimme aus dem Film, genau die. Die Stimme von Love.

Auch wenn man Steine ein Stück weit in die Luft wirft, fallen sie dann wieder herunter. Sie ging die Treppe hinab, ohne es zu merken. Sie ging weiter hinunter als bis zum Parterre, gelangte ins Kellergeschoß. Wäre dort keine Mauer gewesen, sie wäre noch weiter gegangen. Vor der Mauer knickte sie die Knöchel ab, beugte die Knie, ließ sich zusammensacken, bis sie saß.

Sie war weder müde, noch verspürte sie Hunger oder Lust auf sonst irgendwas. Sie wußte kaum, wo sie war. Im Bauch bewegte sich etwas. War es das Ding, das fast wie Spucke war? Ja, das mußte es sein. Es wollte herauskommen, ans Licht. Hier aber war es so dunkel, daß man fast gar nichts sah, und es stank auch heftig. Wenn sie ihm eine Geschichte erzählte, würde es dann versprechen, sich ruhig zu verhalten, und ihr nicht mehr zusetzen? Sie kannte nur eine Geschichte, immer dieselbe: von zweien, die sich verlieben, weil sie beide nur ein Bein haben. Er war Soldat, sie tanzte. Er war viel verliebter als sie, sie liebte ihn sogar überhaupt nicht, denn sie hielt sich immer fern und konnte ihn eigentlich nicht ausstehen. Dann geschieht eines Tages ein Unglück. Er fällt aus dem Fenster und wird von einem Fisch gefressen. Dort ist alles dunkel, und er versteht überhaupt nichts mehr. Dann denkt er daran, daß er schon einmal, als er noch wie Spucke war, in einem Bauch gelegen war. Eines Tages wird der Fisch geangelt, und ein Herr ißt ihn ganz auf, wo der Soldat hinkommt, weiß man nicht, aber keiner mochte ihn, und deshalb ist es nicht so wichtig. Die Tänzerin hat sich indessen in einen anderen Soldaten verliebt. Der hat drei Beine, und sie heiraten und werden für immer glücklich, weil er ihr ein Bein schenkt.

Wer weiß, welche Geschichten den Kindern gefallen, bevor sie geboren werden? Ihrem hatte diese Geschichte überhaupt nicht gefallen. Sie hatte ihm so wenig gefallen, daß es im Dunkeln herausgekommen war, sie spürte es zwischen ihren Beinen in etwas Warmem planschen, das Blut sein mußte.

Eine Kindheit

Erstes Gespräch

Stellen Sie sich zum Beispiel folgendes vor: Da sind zwei Autos, die zur gleichen Zeit von verschiedenen Seiten losfahren. Eines der beiden hätte früher fahren sollen, aber der Besitzer wird im letzten Augenblick eine halbe Stunde lang am Telefon aufgehalten. Wenn er nicht abgenommen hätte, wäre er rechtzeitig losgefahren. Er nimmt aber ab und verspätet sich. So treten alle beide um die gleiche Zeit die Reise an. Während sie schon unterwegs sind, überschlägt sich auf der Straße, die sie entlangfahren werden, ein großer Lastwagen. Er wird schnell weggeräumt, doch auf dem Boden bleibt ein Ölfleck zurück. Genau auf dieser Strecke fährt eines der beiden Autos sehr schnell. Auf welcher Fahrbahn der Ölfleck ist? Auf seiner. Der andere fährt langsam, denkt an seine Frau, der es seit einer Weile nicht besonders gutgeht. Er will sie zu einem Arzt bringen, als er plötzlich erkennt, daß ein Auto von der gegenüberliegenden Fahrbahn auf ihn zurast. Das Auto prallt mit ihm zusammen. Es war sein letzter Gedanke, denn er ist sofort tot. Wenn er das Telefon hätte läuten lassen, anstatt abzuheben, wäre ihm nichts passiert. Ein anderer wäre an seiner Stelle gestorben oder keiner. Womöglich sitzt der, der sterben sollte, schon in Pantoffeln zu Hause vor dem Fernseher, sitzt dort und sieht den grauenhaften Unfall. Ist das die

Straße, die er auch gefahren ist? Ja, genau die. Auch die Uhrzeit ist fast die gleiche. Was für ein Glück, sagt seine Frau und fährt ihm mit der Hand durchs Haar. Glück. Verstehen Sie? Glück. Wie auch immer, fahren wir fort. Es gibt Kinder, die schon mit sechs Jahren sagen: ich will Arzt werden, und dann werden sie es wirklich. Andere wollen Ingenieur, Missionar oder Automechaniker werden, und dann werden sie es tatsächlich. In der Schule hatte ich einen Freund, der schon mit fünf Jahren alle Elektrogeräte im Haushalt auseinandernahm und fehlerfrei wieder zusammenbaute. Er wollte Physiker werden, es lag ihm im Blut, verstehen Sie? Im Blut oder sonstwo, jedenfalls stand irgendwo geschrieben: Giovanni wird einmal das und das, und Giovanni wird es, weil er nicht anders kann. Bei mir war es genauso. Ein vom Glück begünstigtes Kind. Am selben Tag, an dem ich gelernt habe, Fragen zu stellen, habe ich auch gewußt, was meine Aufgabe war. Ich war nicht dazu geboren, Menschen zu kurieren oder Maschinen zu bauen, ich war dazu geboren, in den Dingen rundum Ordnung zu schaffen. Ich bin im Herbst zur Welt gekommen, den Tag und den Monat wissen Sie, es steht ja in den Papieren. Ich erwähne es, weil es auch eine Rolle spielt. Im Horoskop zu meinem Sternzeichen ist von zäher, hartnäckiger Geduld und von einem ausgeprägten Hang zur Ordnung die Rede. Es liegt im Geist der Jahreszeit: alles stirbt, sammelt sich unten, mischt sich verfaulend, um später wiedergeboren zu werden. Einsicht in innere Zusammenhänge, analytisches Denkvermögen, Genauigkeit, hervorragendes Gedächtnis sind denen eigen, die in dieser Zeit geboren sind. Das gilt auch für mich. Ich weiß nicht mehr, wann, aber ich glaube, mehr oder weniger sofort, von dem Augenblick an, in dem ich gelernt habe, meine Zunge zu gebrauchen, habe ich begonnen, Fragen zu stellen. Ich ging mit meiner Mutter hinaus und fragte sie, was ist dieses, was ist jenes? Und sie antwortete, das ist ein Stein, das ist ein Vogel.

Es stimmte und stimmte doch nicht. Denn »Stein« war jedesmal etwas anderes, und der Vogel war klein und braun oder groß und schwarz mit gelbem Schnabel. Man mußte Ordnung schaffen, und um es zu tun, mußte man die Namen kennen. Also fragte ich weiter: was ist dies, was ist jenes? Doch sie erwiderte: sei nicht lästig, ich hab es dir doch schon gesagt, und zerrte mich am Arm weiter. Schon damals arbeitete meine Mutter als Krankenschwester. Wenn ich mit ihr ins Krankenhaus ging, zwickten mich ihre Kolleginnen in die Wange. Sie sagten zu mir: Bist du froh? Du hast die liebste Mama der Welt! Sie war lieb, in der Tat, nur hatte sie keine Geduld. Bei Tisch dachte ich nur an eins, an die Namen, und aß langsam. Sie dagegen hatte es eilig. Daher hielt sie mir die Nase zu, um mich zu füttern. Wenn ich keine Luft mehr bekam, öffnete ich den Mund, und sie schob mir sofort die Gabel in den Hals. Über das Fleisch sind wir sehr oft aneinandergeraten. Ich mochte es nicht, ich mag es bis heute nicht.

Vor Blut hat mir immer gegraut.

Sie hatte diese Arbeit seit kurz nach meiner Geburt. Es war eine Arbeit, aber auch eine Leidenschaft. Zu Weihnachten bekam sie immer Dutzende von Glückwunschkarten. Ihren Patienten widmete sie sich von ganzem Herzen. Zu Hause war sie dagegen immer müde, so habe ich sehr bald verstanden, daß es besser war, sie nicht mit meinen Fragen zu belästigen. Ich stellte sie mir selbst und antwortete mir auch selbst. Dann kam ich zum Glück in die Schule und lernte lesen. Erst da hat meine Ordnung eine wahre Form angenommen. Ich hielt die Bücher auf den Knien und las stundenlang laut darin. Mit gedämpfter Stimme buchstabierte ich ein Wort nach dem anderen. Es gab immer eine Abbildung und daneben einen Namen. So habe ich gelernt, daß der Vogel mit dem roten Bauch Rotkehlchen heißt und der beinahe durchsichtige Stein Quarz. Es war jedesmal aufregend. In all der Unordnung rundherum bekam etwas seinen Platz. Wenn ich es nicht tat, war kein anderer da, der Ordnung schuf. Ich mußte es tun.

Meine erste Leidenschaft waren die Steine. Sie waren am leichtesten zu katalogisieren. Sie liegen herum, man mußte sich nur bücken, um sie aufzuheben. Mit sieben Jahren hatte ich schon über hundert. Nein, Mama hatte ich nichts davon gesagt. Ein bißchen aus Angst, ein bißchen, weil es eine Überraschung sein sollte. Eines Tages wollte ich ein großer Wissenschaftler sein, ein herausragender Wissenschaftler. Sie sollte es aus der Presse erfahren. Eines Morgens hätte sie eine Zeitung aufgeschlagen und das Bild ihres Sohnes gesehen. Erst würde sie vielleicht denken, es sei ein Irrtum.

Doch dann, beim Lesen des Textes, würde sie begreifen, daß es wirklich stimmte: daß ihr Sohn tatsächlich einer der größten Wissenschaftler der Welt war. Daraufhin hätte sie mir alles verziehen und mich umarmt, wie sie ihre Patienten umarmte, wenn sie geheilt waren.

Zu jener Zeit schliefen wir häufig beieinander. Sie lud mich nicht dazu ein, sondern ich ging zu ihr hin, wenn sie schon schlief. Die Laken waren kalt, und sie lag mit ganz zusammengekauertem Körper auf einer Seite. Sie wirkte wie ein Bergsteiger am Rand einer Schlucht. Auch mir gefiel es, so zu tun, als fiele ich, also hielt ich mich hinter ihr an ihrem Rücken fest, und wir fielen gemeinsam bis fast zum Morgen. Kurz bevor die Sonne aufging, kehrte ich in mein Bett zurück.

Über eines ärgerte sie sich, ja: daß ich ihr nie in die Augen schaute. Tatsächlich hielt ich die Augen immer auf den Boden gerichtet. Aus Gewohnheit, wegen der Steine, glaube ich. Ich weiß nicht, ich schaute auch der Lehrerin nie in die Augen, weder ihr, noch der Lehrerin, noch sonst irgendeiner Frau. Sie sagte: »Schau mich an!« und ich wurde rot. Sie sagte nochmals: »Schau mich an!« und mein Hals knickte im rechten Winkel zum Körper nach vorne. Daraufhin packte sie mich am Kinn und zog es nach oben. Sie zog so lange, bis es krack machte, und ich schloß die Augen. Ich schloß sie, und sie machte sie mit den Fingern auf, hob die Augenlider, als wären es Vorhänge. Sie starrte mich an und schrie: »Schau mich an! Schau mich an!« Wer anderen nicht in die Augen sieht, ist entweder feige, oder er verbirgt etwas Schlechtes, sagte sie. Ich konnte ihr nichts von den Steinen sagen, es sollte ja eine Überraschung für sie werden, wenn ich groß war. So bezog ich immer eine Menge Prügel.

Zur gleichen Zeit, zu der die Onkel zu kommen anfingen, nahm ich die Gewohnheit an, vor dem Einschlafen die Namen aller meiner Steine zu wiederholen. Ich wiederholte sie nicht, indem ich sie ansah, sondern mit geschlossenen Augen unter der Bettdecke. Ich war sicher, daß nichts passierte, wenn ich sie nur alle richtig aufsagte.

Die Onkel waren die Freunde von Mama. Sie kamen nach dem Abendessen. Es waren viele, verschiedene, und mit mir sprachen sie kaum. Sie taten ihr weh, da bin ich sicher. Oftmals hörte ich auch durch alle geschlossenen Türen ihr Klagen. Deshalb durfte ich mich beim Aufsagen der Namen der Steine nicht irren, denn sonst starb sie. Nein, sie hegt noch immer nicht den geringsten Verdacht, daß sie es mir zu verdanken hat, wenn sie noch lebt. Ordnung, Einsicht in innnere Zusammenhänge, hervorragendes Gedächtnis, sehen Sie? Schon damals besaß ich im höchsten Grad alle Anlagen zum großen Wissenschaftler.

Drittes Gespräch

In der Schule war ich überhaupt nicht gut. Ich mochte die anderen Kinder nicht. Sie machten Lärm, schrien grundlos laut herum. Jetzt denke ich, daß ich vielleicht auch gern so gewesen wäre wie sie: daß ich gerne herumgeschrien und mich schmutzig gemacht hätte, ungehorsam gewesen wäre und mich dafür hätte bestrafen lassen. Aber damals war ich in andere Dinge vertieft. Die Lehrerin erklärte das Bruchrechnen, und ich dachte, wie ist es möglich, daß es so viele Formen gibt auf der Welt? Wieso nicht ein Vogel, sondern viele? Wieso nicht nur die Maus, sondern auch das Eichhörnchen; das Eichhörnchen und den Biber? Natürlich wußte ich noch nichts von der Evolution, die ganze Geschichte von den vorteilhaften Mutationen, vom Fressen und Gefressenwerden, vom Finden der richtigen Nische, in der man sich verkriechen kann und in Sicherheit ist bis zum Anbruch einer neuen Ordnung. Vor fünfzehn Jahren war es nicht üblich, den Kindern solche Sachen zu erzählen.

Jetzt wissen sie mit sechs Jahren schon alles. Sie kennen die Dinosaurier und den Grund ihres Verschwindens. Sie wissen, wie die Kinder auf die Welt kommen und auf welche Weise die Galaxis enden wird. Aber zu meiner Zeit, nein, da wußte man gar nichts. Die Lehrerin sagte höchstens: eines Tages wachte Gott gelangweilt auf, und so, um sich zu zerstreuen, erschuf er die Welt. Er brauchte sechs Tage, um sie zu machen, einen Tag für jede Sache, und am siebten, der ein Sonntag war, ruhte er sich aus. Ich glaubte daran und auch wieder nicht. Wenn ich mir Gottes Stirn voller Schweißperlen vorstellte, seine riesigen, muskulösen müden Arme, seine Hände, die ein leichtes Zittern befiel, dann glaubte ich nicht mehr daran. Vor dem Unterricht sprachen wir immer ein Gebet, wir sagten: »Allmächtiger Gott, der du bist im Himmel...« Wenn er allmächtig war, wie hatte er dann ermüden können? Ich konnte nicht voll und ganz daran glauben, oder? So dachte ich weiter an die Dinge, die Namen, und war schlecht in der Schule. Einmal im Jahr bestellte die Lehrerin meine Mutter zu sich und sagte: »Das Kind ist apathisch, abgestumpft, interessiert sich für nichts.« Dann schimpfte meine Mutter mich nicht aus, nein. Sie sagte: »Warum gehst du nicht in den Hof und spielst mit den anderen Kindern?« und schob mich hinaus. Manchmal sah sie mich wortlos an und seufzte laut. Sie seufzte laut, so wie Hunde kurz vor dem Einschlafen. Doch sie hatte ja die Arbeit im Krankenhaus, die Onkel, die sie besuchen kamen, und da vergaß sie mich immer wieder. Sie sagte: »Dann wirst du eben Verkäufer, wenn du groß bist«, und ich nickte. Ich sagte: »Ja gut, ich werde Stoffe verkaufen oder Salami«, auch wenn ich sicher war, daß ich ein großer Wissenschaftler würde.

In Wirklichkeit hätte ich die Fragen der Lehrerin ganz genau beantworten können, sie fragte: Wer von euch weiß, warum das und das so oder so ist. Und noch bevor sie mit Sprechen fertig war, wußte ich es schon. Ich wußte es innerlich, aber ich schwieg. Ich dachte, unmöglich, daß dies die Antwort ist, da muß ein Haken dran sein, es ist viel zu einfach, es gibt nichts so Einfaches auf der Welt. Also schwieg ich. Und dann sagte es jemand anderes, es war genau das, was ich gedacht hatte, und ich richtete mich in der Bank auf und sah mich verwundert um, war es wirklich so einfach? Tatsächlich wußte ich nach kaum einer Minute, daß dies nur eine der möglichen Antworten war, daß es noch tausend andere, ebenso wahre gab. Alles war so: wahr und auch wieder nicht. Wichtig war, dies zu wissen und in diesem Sinn Ordnung zu machen.

Eigentlich war mir von allen Fächern Mathematik am liebsten. Nicht, daß ich darin besonders gut gewesen wäre, aber es gefiel mir trotzdem. Wenn aus dem Wasserhahn an einer Badewanne vier Liter pro Minute fließen und die Wanne sechzig Liter faßt, wie lange Zeit braucht es dann, bis sie randvoll ist? Alle Wannen füllten sich in der richtigen Zeit, bis auf meine. In meine fiel ein Stück von der Decke, und mit der Decke die Frau aus dem darüberliegenden Stockwerk, dann schwappte das Wasser über, anstatt zu laufen, und außer daß es überschwappte, gab es auch noch eine Leiche, die Frau aus dem oberen Stockwerk.

Sehen Sie? Ich war sehr begabt. Wenn das jemand verstanden hätte, wäre vielleicht alles anders gekommen. Erinnern Sie sich an die Autos von vorgestern? So geht es nämlich: Es ist eine Frage der Fortbewegung, die rechtzeitig erfolgt oder auch nicht erfolgt.

Viertes Gespräch

Ich würde gern noch weiter über die Schule reden. Zu Hause war ich fast immer allein. Da dachte ich und gab mir in meinen Gedanken recht, während ich dort, in der Klasse, die Dinge der anderen sah, wodurch Unstimmigkeiten aufkamen.

Die Lehrerinnen sollten etwas besser ausgebildet werden. Außer Geschichte und Erdkunde müßte ihnen auch Zartgefühl beigebracht werden. Ich weiß nicht, ob man das lehren kann oder ob es etwas ist, was man schon in sich hat, meine jedenfalls wußte nichts davon. Sie schrie immer herum, und wenn sie nicht schrie, war sie müde.

Eines Tages stellte sie uns in der Italienischstunde eine Aufgabe. Wir sollten einen Aufsatz schreiben mit dem

Titel: *Mein Papa.* Wie alt werde ich gewesen sein? Etwa acht, nicht älter als acht.

Jedenfalls habe ich meinen Papa nie persönlich kennengelernt, also gehe ich, kaum habe ich den Titel gehört, zum Pult vor und sage leise: »Frau Lehrerin, ich kann das nicht machen.« Da springt sie mit einem Ruck auf und schreit: »Du machst es! Du machst es genau wie alle anderen!« Nun war folgendes das Problem: Ich hatte ihn nie in Person gesehen, wußte aber, was er machte, und ich wußte auch, daß man nicht sagen durfte, was er machte, weil es ein Geheimnis war. Er war geheim, genau. Er war Geheimagent. Um die Wahrheit zu sagen, hatte mir das niemand gesagt. Ich hatte es geahnt. Ich hatte es geahnt und dann Mama danach gefragt, und sie hatte weder ja noch nein geantwortet. Da habe ich verstanden, daß es stimmte, daß er wirklich Geheimagent war. Deshalb war er nie zu Hause.

Also nehme ich das Blatt und schreibe: »Meinen Papa kenne ich nicht, weil er einen Beruf ausübt, bei dem ihn niemand sehen darf. Ich weiß jedoch, daß er groß und stark ist und sehr gut mit der Pistole schießt. Er hat große kräftige Hände und trägt die Fingernägel immer kurz geschnitten. Er ist Karatemeister und kann mit einem einzigen Faustschlag einen Stier töten. Ich weiß nie, wo er ist und was er macht, aber ich kann sagen, daß er bei seiner Arbeit die guten Länder vor den bösen verteidigt. Eines Tages, wenn er seinen Auftrag erfüllt hat, wird er mich von der Schule abholen. Vielleicht wird er in seiner Galauniform mit der roten Schärpe und allem kommen. Dann werden alle sehen, wer mein Vater ist, aber so lange darf es keiner wissen, weil er ein Geheimagent ist und jeden Tag sein Leben riskiert.«

Darunter hatte ich geschrieben: »Es ist besser, diesen Aufsatz nach dem Lesen zu verbrennen.«

Diese Zeile fügte ich hinzu, weil ich Vertrauen zu der Lehrerin hatte, sonst hätte ich von all dem überhaupt nichts geschrieben. Doch was tut sie am nächsten Tag? Sie betritt das Klassenzimmer mit allen Arbeiten in der Hand, setzt sich und sagt: »Lügen haben kurze Beine«, und fängt an, meinen Aufsatz laut vorzulesen. Ich weiß nicht, wohin ich schauen soll, und alle anderen lachen. Dann gibt sie ihn mir zurück und sagt vernehmlich: »Du solltest lieber lernen, anstatt dir Lügen auszudenken.« Von dem Tag an hänselten mich alle. Wenn wir hinausgingen, rempelten sie sich gegenseitig an und schrien: »Ist das dein Vater?! Oder der dort?! Ach nein, da ist er ja, schau, da ist er, neben dem Baum! Er ist ein so geheimer Agent, daß man ihn gar nicht sieht!«

Alle wurden immer von ihrer Mama oder ihrem Papa abgeholt. Ich habe nie verstanden, warum. Es ist lächerlich bei dem kurzen Weg, den man zwischen zu Hause und Schule zurücklegen muß. Finden Sie nicht, daß viele Eltern zu ängstlich sind? Wie auch immer, mich holte nie jemand ab. Mama konnte nicht, weil sie arbeitete. Papa habe ich immer erwartet, aber er ist trotzdem nicht gekommen.

Im nächsten Jahr hänselten die Schulkameraden mich weiter. Kinder sind ein bißchen dumm, nicht wahr? Wenn ihnen etwas Spaß macht, wiederholen sie es bis zum Überdruß. Indessen war jedoch im Sommer etwas geschehen. Ich war sehr gewachsen, hatte mich fast zu einem jungen Mann entwickelt. Ich war stark geworden, stärker als alle anderen Kameraden. Eine Weile ertrage ich es also noch.

Eines Tages ist es dann soweit. Der Klassenbeste wird von niemandem abgeholt. Er ist ein schmächtiger Junge, mit blonden, feinen Haaren wie ein Mädchen. Gewöhnlich kommt immer seine Mutter, wartet etwas abseits vor der Tür auf ihn, im Pelzmantel, lächelnd. Er weiß nicht, was er tun soll, da sage ich zu ihm: »Mach dir keine Sorgen, ich begleite dich.« Ich nehme ihn am Arm, als wäre ich schon größer. Ich hatte etwas Mühe, ihn zu überreden, mit in den Park zu kommen. Es dämmerte schon, er wollte nicht. Bevor ich mir die Hose aufknöpfte, versicherte ich mich, daß keine Leute in der Gegend waren, dann habe ich ihm die Hand um den Hals zugedrückt wie eine Zange und habe ihn saugen lassen, bis er vor Tränen nicht mehr atmen konnte. »Was macht dein Vater?!« schrie ich ihn währenddessen an. »Was macht er, hm?!« Er ist weinend davongerannt, ich habe ihm hinterhergerufen: »Wenn du es jemand sagst, ruiniere ich dich.«

Er hat es aber gesagt, er hat alles sofort gesagt, sowie er heimkam. Seine Eltern riefen meine Mutter an. Sie ging an den Apparat, legte dann den Hörer mit einem Ruck wieder auf. Sie hat mich mit Schuhen geschlagen, mit dem Besenstiel. Sie war wie verrückt. Sie kreischte: »Du bist wie dein Vater, du Hurensohn, ja, das bist du, ein Hurensohn.«

Ihre Geschichte habe ich erst später erfahren. Ja, sie hat mir, auch in einem Augenblick der Wut, alles ins Gesicht geschrien. Mein Vater war an dem Tag betrunken, sie ein wenig angeheitert. Der Krankenschwesternkurs feierte sein Abschlußfest. Er war Chefarzt, schon verheiratet, mit Frau und zwei kleinen Kindern. So halb wollte meine Mutter und halb auch nicht. Wissen Sie, wie es geht, wenn man zuviel trinkt? Man macht etwas, ohne weiter darüber nachzudenken. Dann ist es passiert, und sie hat allzu lange darüber nachgedacht. Es war nicht so einfach damals. Meine Mutter war sehr jung, sie hatte kein Geld, wußte nicht, an wen sie sich wenden sollte. Am einen Tag sagte sie ja, am nächsten sagte sie nein, sie hoffte, er würde mich anerkennen, ihr eine Rente aussetzen.

Als er ihr dann geantwortet hatte, wenn sie so leicht mit ihm gegangen sei, gehe sie ja wohl genauso leicht mit allen anderen, und daher sei das Kind doch keineswegs von ihm, da war es zu spät. Ich war schon groß dort drin, hatte mich eingenistet, und man konnte mich nicht mehr abtreiben.

Fünftes Gespräch

Nach der Sache in den Anlagen sind unsere Beziehungen etwas abgekühlt. Wenn sie zu Hause war, bewegte sie sich in den Zimmern, als ob ich nicht da wäre. Ich war da, aber sie tat so, als wäre ich Luft. Wenn sie das Mittag- oder Abendessen zubereitete, ließ sie es einfach auf dem Tisch stehen. Ich aß fast immer allein. Ab und zu wurde sie noch wütend. Sie stritt aber nicht direkt mit mir, sondern haderte mit sich selbst. Dann schrie sie: »Ich laß dich verschwinden! Ja, ich sperr dich ins Internat! Da werden sie's dir schon beibringen!« und so schrie sie noch eine Weile fort. Ich machte mir nichts daraus. Ich wußte ja, daß sie keine Geduld hatte, daß sie sich abreagierte und danach ruhig wurde.

Ich besaß inzwischen mehr als dreihundert Minerale: eine echte Sammlung. Gerade zu der Zeit hatte ich mir in der

Schulbibliothek einen Text über Geologie besorgt. Da stand alles drin: wann die Erde entstanden ist, wann die Steine Schichten gebildet haben, und es war auch beschrieben, warum sie weiterhin zusammenhielten. Mit Hilfe dieses Buches hatte ich begonnen, zu jedem Mineral eine ausführliche Karteikarte anzulegen. Ich hatte lauter verschiedenfarbige Zettel. Auf einen schrieb ich, das ist Pyrit, man findet ihn dort und dort. Innen ist er so und so beschaffen, auch wenn man es nicht sieht. Er dient da- und dazu. Er ist an dem und dem Tag dieses oder jenes Monats in meinen Besitz gekommen und so weiter.

Auf diese Weise verging die Zeit rasch, und ich bemerkte gar nicht, was um mich herum vorging. Mir war nicht aufgefallen, daß ein Onkel viel häufiger zu uns nach Hause kam als die anderen, und mir war auch nicht bewußt, daß Mama viel weniger herumschrie als gewöhnlich.

Eines Sonntagmorgens geschieht dann folgendes: Der Onkel kommt zu uns mit seinem Sportwagen, holt mich ab und fährt mit mir los. Unterwegs erzählt er mir, daß er Arzt ist, daß er meine Mama im Krankenhaus kennengelernt hat. Mir soll's recht sein, denke ich. Nein, damals wußte ich noch nicht, daß mein Vater auch ein Arzt war. Indem wir uns so über dies und jenes unterhalten, kommen wir an einen Strand. Es war Winter, ich weiß es noch genau. Weit und breit war niemand. Zwischen den Steinen sah man Dosen und Plastikflaschen liegen. Ich fühlte mich etwas beunruhigt, das schon. Kurzum, wir gehen so lange, bis wir mit den Füßen fast im Wasser stehen, und dort bückt er sich, hebt einen Stein auf und wirft ihn. Der Stein prallt dreimal von der Oberfläche ab, als wäre er lebendig, und beim vierten Mal geht er unter. Ich schaue ihn an und sage nichts. Er dagegen nimmt einen Stein, drückt ihn mir in die Hand und sagt: »Probier's auch mal.« Ich will es nicht probieren. Ich halte den Stein in der Hand, drehe ihn hin und her, ohne etwas damit zu machen. Da fängt er an, mich zu hänseln. Er sagt: »Du willst ihn nicht werfen, weil du es nicht kannst. Du hast Angst zu verlieren, schlecht abzuschneiden.« Ich höre ihm eine Weile zu und tue so, als wäre nichts, aber irgendwann habe ich es satt. Das wäre ja gelacht, wenn ich keinen Stein werfen könnte, und ich hebe den Arm ... Aber was passiert, genau während ich ganz konzentriert und angespannt wurfbereit dastehe? Er streicht mir mit einer Hand über den Kopf und sagt: »Ich liebe deine Mama, und sie liebt mich auch. Wir werden bald heiraten, und dann werden wir alle drei zusammenleben.«

Das sagt er, und ich werfe den Stein trotzdem, aber nun bin ich schon abgelenkt, und beim ersten Aufschlag verschwindet der Stein, geht senkrecht unter wie Blei.

Dann fahren wir zu uns nach Hause zum Mittagessen. Mama hatte ein Huhn mit Kartoffeln zubereitet, er hatte einen Kuchen mitgebracht. Es geht alles gut bis zum Nachtisch, die beiden lachen und scherzen, und ich schweige. Dann, als Mama mir mein Stück Kuchen auf den Teller legt, schreie ich, ich weiß selbst nicht warum: »Den eß ich nicht!« Sie drängt mich: »Du hast doch immer gern Kuchen gemocht«, und so weiter. Und ich schreie noch mal: »Den eß ich nicht, es ekelt mich!« Zum Schluß setzt es eine Ohrfeige. Sie zerrt mich ins Schlafzimmer, und dort zischt sie mir ganz leise, ohne daß er es hört, ins Ohr: »Ich werde nicht zulassen, daß du mir auch das wieder kaputtmachst, kapiert? Ich werde es nicht zulassen. Eher bringe ich dich eigenhändig um.«

In derselben Nacht schrecke ich aus dem Schlaf hoch. Hastig setze ich mich im Bett auf und tue plötzlich etwas, was ich noch nie getan habe. Unglaublich, nicht? Ich fange an zu weinen.

Nach zwei Tagen hatte ich immer noch nichts gegessen. Ich saß immer noch dort auf dem Bett und weinte. Da kommt Mama zu mir, ganz sanft, und fährt mir mit der Hand durchs Haar. Dabei fragt sie mich: »Warum weinst du so? Wegen dem, was ich vorgestern gesagt habe? Komm, du bist doch groß genug, um zu wissen, daß ich nur etwas nervös war, warum weinst du immer noch?«

Ich sage: »Ich weiß es nicht, es ist nicht deswegen, ich weiß nicht, warum ich weine«, und verstecke mein Gesicht im Kissen. Sie antwortet: »Also gut, wenn du dich entschließt aufzuhören, kannst du rüberkommen, das Essen ist fertig.«

In Wirklichkeit wußte ich ganz genau, warum ich weinte, aber ich konnte es nicht sagen.

Unter der harten Kruste hat die Erde ein weiches Herz aus Feuer. Es ist tief drinnen eingeschlossen und zusammengepreßt, aber wenn etwas kaputtgeht, zum Beispiel bei einem Erdbeben, dann kommt das weiche Herz herauf, steigt höher und höher, bis in die Wasserhähne, und fließt eines Tages statt des Wassers heraus und bringt alle um. Es hätte auch Mama umgebracht, sie macht immer die Waschmaschine auf, ohne vorher hineinzuschauen.

Deshalb weinte ich, nur deshalb.

Von der Sache, von der Hochzeit, meine ich, war dann lange nicht mehr die Rede. Der Onkel blieb manchmal über Nacht, oder er holte Mama ab, und sie gingen ins Kino oder zum Abendessen bei Leuten, die er kannte. Mir war er weder sympathisch noch unsympathisch. Gar nichts. Er kam mir nur vor wie ein Möbelstück, er war da, und ich machte einen Bogen um ihn. Ich glaube, er hielt mich auch für einen Nachttisch, eine Anrichte oder so etwas Ähnliches. Mama war das Bett und ich der Nachttisch. Er mußte mich notgedrungen in Kauf nehmen.

Wie auch immer, einige Monate später kam der Sommer. Die Schule war zu Ende, und Mama sagte, daß ich ihr etwas angegriffen vorkomme. Sie schickte mich eine Zeitlang zu ihrer Schwester aufs Land. Es war schön dort. Ich lief den ganzen Tag auf den Feldern herum, und keiner störte mich. Ich sammelte immer Steine. Da ich mich von morgens bis abends unter freiem Himmel aufhielt, fing ich an, mich auch für Vögel zu interessieren.

Ich hatte ein weißes Heftchen. Das nahm ich immer mit, und jedesmal, wenn ich ein Tier sah, dessen Name ich nicht kannte, schrieb ich hinein, wo ich ihm begegnet war und wie es aussah. Bei der Rückkehr in die Stadt war ich euphorisch. Ich kannte jetzt nicht nur mehr als dreihundert Steine, sondern auch noch etwa zwanzig Vogelarten. Vor mir eröffnete sich ein neues Studienfeld, auf dem ich würde glänzen können.

Mama holte mich am Bahnhof ab. Auf der anderen Straßenseite erwartete uns ein nagelneues Auto. Wir steigen ein, und während sie durch die engen Straßen fährt, will ich gerade mein weißes Heftchen herausziehen. Ich habe es schon in der Hand, als ich bemerke, daß sie falsch fährt. Also sage ich es ihr. Ich sage: »He, wo wollen wir denn hin?!« Sie schaltet, ohne mir in die Augen zu sehen, und erwidert: »Der Onkel und ich haben geheiratet, wir werden jetzt alle zusammen in seinem Haus wohnen.«

So gleitet das Heftchen in die Tasche zurück, und ich schaue zum Fenster hinaus. Ich denke: Was wird bei der Rückkehr meines Vaters passieren?

Ich denke das, weil ich auch in den allergrößten Geschäften nie Betten für drei gesehen habe. Unterdessen kommen wir bei dem neuen Haus an. Es ist eine Villa mit Garten und einem hohen Eisentor. Das Tor öffnet sich, ohne daß wir es berührt haben, und wir fahren hinein.

Das Haus hat zwei Stockwerke, die durch eine große weiße Treppe miteinander verbunden sind. Er steht ganz oben, mit vor der Brust verschränkten Armen, und schaut uns zu, während wir heraufkommen. Ich weiß noch genau, wie ich sein Lächeln sah, ich sah es von unten nach oben, von Stufe zu Stufe, und je länger ich es sah, um so weniger gefiel es mir. Kurzum, schließlich sind wir auf gleicher Höhe, und er nimmt mich unvermutet in den Arm. Während ich da stehe und nicht weiß, wo ich hinschauen soll, und auch nicht, wo ich mit meinen Händen hin soll, sagt er: »Gefällt dir das neue Zuhause?« Und dann: »Du kannst mich jetzt Papa nennen, wenn du willst.« Ich antworte leise »nein«, so leise, daß niemand es hört, oder sie tun so, als hörten sie es nicht.

Es ist fast Zeit zum Mittagessen. Meine Mutter bringt

mich in mein neues Zimmer. Es ist so groß, daß ich denke: Warum habe ich keine Rollschuhe dabei? Jedenfalls bleibe ich dort und fange an, meine Kleider in den Schrank zu räumen. Bei Tisch lächeln die zwei wie im Kino, und nach einer Weile sagen sie: »Wir haben beschlossen, dir zu unserer Hochzeit ein Geschenk zu machen. Was wünschst du dir am meisten? Ein Fahrrad? Einen Lederfußball?« Ich überlege und überlege, dann sage ich: »Ich will einen großen Käfig mit einem Vogelpaar.« – »O nein! Die machen Dreck und Lärm! So etwas brauchst du doch nicht«, sagt Mama. Doch er sagt: »Nein, Rita. Versprochen ist versprochen! Wenn er Vögel haben will, kaufen wir sie ihm.«

Also gehen wir nachmittags alle zusammen in eine Tierhandlung. Ich bin ziemlich froh. Ich betrete den Laden mit der Vorstellung, zwei Raben zu nehmen, aber dann einigen wir uns auf zwei olivfarbene Kanarienvögel. Der Verkäufer hatte mir gesagt, sie seien Mann und Frau, daher stand ich dann die ganze Zeit vor dem Käfig. Ich stand da und wartete, ich wollte sehen, ob sie sich liebten.

Ich habe es Ihnen gesagt, nicht? Bis dahin hatte ich mich nur mit Steinen beschäftigt, deshalb wußte ich über diese Sachen wenig. Wenn ich nicht diese beiden Vögel gekauft hätte, wäre vielleicht nichts passiert. Wer weiß! Es ist immer die gleiche Frage, wie bei den zwei Autos.

Jedenfalls haben sie mir die Vögel geschenkt, und ich fange an, sie zu beobachten. Ich verbringe Stunden vor dem Käfig und schreibe: »Um elf Uhr dreißig hüpft er auf die rechte Stange, sie schaut ihn von unten her an und bleibt sitzen. Um elf Uhr dreiunddreißig flattert sie nach links und blickt starr nach unten«, und so weiter.

Ich hatte Filme darüber im Fernsehen gesehen. Die, die sich lieben, küssen sich, da war ich sicher. Meine Vögel nicht, sie hüpften herauf und herunter, fraßen, tranken, beschmutzten den Käfig mit gelber Scheiße, machten »tschip, tschip« und weiter nichts.

Dann, eines Tages, während wir bei Tisch sitzen, geschieht es. Ich höre ein seltsames Geräusch aus dem Käfig, der in der Küche steht, und da schiebe ich den Stuhl weg und stehe auf. Ich gehe nachsehen, ob dieses Geräusch die Liebe ist oder nicht. Es war tatsächlich so, sie hockten zusammen und rieben die Schnäbel aneinander wie Schwerter. Also gehe ich ruhig zum Tisch zurück, setze mich und nehme die Gabel wieder in die Hand, doch noch bevor die Lasagne im Mund ankommt, sagt Mama: »Wer hat dir erlaubt aufzustehen?!« Ich schaue sie an und schaue sie an und verstehe nicht. Braucht man etwa, wenn man vom Stuhl aufstehen will, eine Erlaubnis wie zum Autofahren?

So erwidere ich nichts und esse.

Sie aber bleibt dabei und sagt: »Entschuldige dich bei Papa.« – »Mich entschuldigen?« antworte ich. »Bei wem?« – »Du weißt sehr wohl, wer dein Vater ist«, sagt sie zu mir und ist schon etwas gelb unter den Augen. – »Ich weiß es, und weiß es nicht«, gebe ich zurück. – »Du weißt es genau«, sagt sie und zeigt mit dem Kinn auf ihren Mann. Darauf sage ich leise: »Das ist nicht wahr«, und fange an weiterzuessen.

An dieser Stelle seine Stimme: »Du lebst bei mir, und ich gebe dir zu essen. Jetzt bin ich dein Vater, entschuldige dich bei mir.«

Es war schwierig, da durchzublicken, oder? Na ja, um es kurz zu machen, die Geschichte geht noch eine Zeitlang so weiter, und je länger sie weitergeht, um so verwirrter bin ich. Alle beide behaupteten etwas, und ich wußte nicht, was ich antworten sollte. Dann steht er plötzlich auf, sagt: »Dem Kind hat die Autorität gefehlt«, und ehe ich mich's versehe, bin ich schon von meinem Stuhl heruntergerutscht. Er hält meinen einen Arm in der Hand und verdreht ihn mir, bis es so weh tut, daß ich auf dem Boden in die Knie gehe. Daraufhin schaut er mich von oben herab an und fragt noch einmal: »Bittest du nun um Verzeihung?« Ich betrachte seine Schuhe, vor Schmerz beginnt mir der Atem wegzubleiben, also öffne ich den Mund und ein Wort kommt heraus, genau das: »Verzeihung.«

Als ich wieder auf dem Stuhl sitze, setzt auch er sich erneut, lächelt zufrieden. Er sagt: »Ab jetzt wird das Leben anders!« Das sagt er, und während er es sagt, bin ich sicher, daß nicht ich, sondern eine andere Person jenes Wort gesagt hat.

Bis zu dem Augenblick hatte ich noch nie bemerkt, daß wir nicht einer, sondern zwei waren.

Siebtes Gespräch

Die Tage verliefen so: Ich ging zur Schule, und sie gingen zusammen zur Arbeit. Ich kam heim, wenn sie noch im Krankenhaus waren, und blieb allein bis zum Abendessen. Nachmittags hätte ich, den Abmachungen entsprechend, lernen sollen. Ich besuchte inzwischen die Mittelschule und hatte immer eine Menge Hausaufgaben, aber zum Lernen hatte ich wirklich überhaupt keine Lust. Ich hatte so viele

Ideen im Kopf. Also ging ich los und streunte bis abends draußen herum. Ich hatte Ziele, gewiß, bestimmte Wege, die ich häufiger ging als andere. Am allerbesten gefiel mir die Straße am Meer.

Nicht selten kamen aus einem nahegelegenen Sumpf Seetaucher und Zwergtaucher herüber, manchmal auch Haubentaucher, und ich schaute ihnen stundenlang zu. Ich beobachtete sie, während sie voll Eleganz zwischen den Plastiktüten ins Wasser tauchten, und schrieb alles in mein weißes Heftchen. Abends, wenn sie nach Hause kamen, war ich immer schon da. Ich knipste die Schreibtischlampe an, beugte mich mit aufgestützten Ellbogen über ein Buch und tat so, als ob ich läse. Mama war sehr zufrieden, sie sah das Licht unter der Tür und sagte halblaut zu ihrem Mann: »Er sitzt immer noch über seinen Büchern.« Er war auch zufrieden, so zufrieden, daß er mir eines Abends sogar an den Kopf gefaßt und gesagt hat: »Na, hat der kleine Mann doch Vernunft angenommen!« Wer nicht zufrieden war, war ich. Schuld waren zweifellos die Kanarienvögel. Sie liebten sich, dafür hatte ich schon Beweise erhalten. Sie hatten sich jedoch noch nicht entschlossen, Kinder zu kriegen. Jeden Morgen ging ich noch im Schlafanzug hin, und jeden Morgen waren immer noch keine Kleinen da. Ich begann, unruhig zu werden. Die Kanarienvögel haben keinen Bart oder Busen, verstehen Sie? Es konnten zwei Weibchen sein oder, noch schlimmer, zwei junge Männchen. Kurz, je mehr Tage vergingen, um so aufgeregter wurde ich.

Wenn zwei sich lieben, werden Kinder geboren. Das hatte mir kaum eine Woche vorher Mama gesagt. Mama und er zusammen, natürlich. Und zwar bei einem Abendessen.

Das war die Zeit, um die wir gewöhnlich alle zusammensaßen. Also, während wir essen, berührt Mama ihren Bauch, berührt ihn unter dem Tisch und sagt: »Bald wirst du ein Brüderchen bekommen.« So sagt sie.

Da schaue ich sie an, weil ich nichts begreife, öffne den Mund und frage: »Warum?« Er antwortet mir, mit leiser Stimme, sagt: »Weil, wenn zwei sich lieben, Kinder geboren werden.«

Verstehen Sie? Es wäre somit richtig gewesen, daß meine Kanarienvögel auch Kinder bekämen. Allerdings ist dieses Brüderchen dann nie geboren worden. Eines Tages hat sich Mama plötzlich gekrümmt, hat »ah« gemacht, und sofort war unter ihr eine Blutlache, es wirkte, als sei ein Wasserhahn kaputtgegangen.

Sie vertrugen sich, aber ja. Warum hätten sie sonst geheiratet? Allerdings war er eifersüchtig. Er dachte, wenn Mama vor vielen Jahren mit einem anderen zusammengewesen war, könnte sie wieder abgelenkt werden und mit anderen gehen. Daher kam er manchmal abends nicht heim. Das heißt, er kam, aber er kam später. Wir lagen schon im Bett, wenn er zurückkam, aber wir hörten ihn trotzdem. Er machte viel Lärm, warf die Tür ins Schloß und danach alles durch die Gegend, was ihm unter die Finger kam. Er lief wütend auf und ab, wie ein hungriger Wolf. Er suchte etwas zu essen, kurzum, er suchte uns, er wollte uns verschlingen. Ich tat so, als merkte ich nichts, was Mama machte, weiß ich nicht.

Ich wiederholte die Namen der Steine, wissen Sie? Obwohl ich mich nun längst mit Vögeln beschäftigte, erinnerte ich mich noch an alle. Beryll, Aragonit, Pyrit, Schwefel,

Quarz, Rosenquarz, Fluorit, Opal ... und so weiter, die ganze Nacht.

Ob es nützte? Nichts nützte? Am nächsten Morgen hatte Mama das Kind verloren.

Achtes Gespräch

Zum Schluß sind die Vogelkinder geboren worden. Zuerst gab es natürlich die Eier, und dann eine Woche später die Küken, kleine Ungeheuer mit Fleisch auf den Augen und riesigen Schnäbeln. Aber Ekel hin, Ekel her, endlich war ich sicher, daß sie sich liebten, wußte, wer das Männchen und wer das Weibchen war. Die ersten Tage stand ich immerzu davor, schrieb alles, was passierte, in mein Heftchen. Einer der beiden hockte immer auf dem Nest; während einer zu fressen holte, wärmte der andere die Kleinen. Sie waren wirklich liebevolle Eltern. Am Ende der ersten Woche begannen die Federn zu sprießen. Nun waren die Kleinen hübscher anzuschauen, sie hatten auch angefangen, die Augen zu öffnen, große schwarze Stecknadelköpfe.

Den beiden habe ich nichts davon gesagt. Sie hatten es, glaube ich, gar nicht gemerkt. Wir sahen uns ja nur abends bei Tisch, und meistens sprachen sie über ihre eigenen Angelegenheiten. Ich hörte ihre Worte, hörte sie zwangsläufig, versuchte aber, nichts mitzukriegen, ich dachte immer an andere Dinge. So sagte Mama: »Hast du gesehen? Der von dreihunderteinundzwanzig hat schon wieder eine Blutung gehabt ...« – Und er: »Ich habe ihn schon dreimal genäht. Da ist nichts mehr zu machen, die Adern sind einfach morsch.« Oder sie sprachen von einer, der der Lupus das Gesicht zerfressen hatte, die aussah wie ein Totenkopf mit etwas Fleisch daran. »Sie war mal sehr hübsch«, sagte Mama, »ich habe ein Photo gesehen, ein bildschönes Mädchen ...« Dann gab es noch einen, dem ein Lastwagen die Beine zermalmt hatte, und dessen Mutter, als sie erfuhr, daß ihr Sohn gestorben war, sich vor aller Augen umzubringen versuchte. Kurzum, sie redeten immer über solche Sachen, über ihre Arbeit, und ich versuchte, nicht hinzuhören. Ich dachte: Wer weiß, ob die Amsel im Garten schon ihr Nest gebaut hat? Ob dieser kleine Vogel, den ich gesehen habe, wohl ein Sommergoldhähnchen war oder nicht?

Eines Tages jedoch hatte ich es endgültig satt, da habe ich ruckartig das Besteck aus der Hand gelegt und gebrüllt: »Könntet ihr nicht von etwas anderem reden?«

Ich habe es Ihnen schon gesagt, oder? Vor Blut hat mir schon immer gegraut.

Da verstummen sie und schauen mich an. »Was ist«, sagt er, »gefällt dir unsere Arbeit nicht? Oder«, fährt er fort, »hat der kleine Vogelforscher etwa Angst vor Blut, hm?« Ich bin gerade mit der Gabel hinter einer Erbse auf dem Teller her, also sehe ich keinen an und antworte nicht. Aber er läßt nicht locker. Er sagt: »Es wäre Zeit, daß du dich entschließt, groß zu werden. Wahre Männer haben vor nichts Angst. Ängste überwindet man. Wenn man sie nicht überwindet, wird man wie ein kleines Mädchen. Willst du etwa wie ein Mädchen sein, hm?«

Das war nämlich so eine fixe Idee von ihm. Er sagte immer, ich dürfe kein schwacher Mann werden, ich dürfe nicht meinem Vater ähneln, überhaupt nicht, auch wenn ich schief auf die Welt gekommen sei, das heißt als Bastard, würde er mich wieder geradebiegen. Er tue es nicht direkt für mich, sondern aus Liebe zu meiner Mutter, die diese Last auf sich genommen habe, ohne die mindeste Schuld zu haben.

Wie er mich geradebog? Wie eine Eisenstange, einen Baum. Wenn ich neben ihm ging, sagte er: »Du hast mir den Weg abgeschnitten, was erlaubst du dir?!« und verpaßte mir eine Ohrfeige. Wenn ich mich im Flur leise davonschlich, brüllte er: »Willst du mir etwa nicht begegnen?! Nur Mut!« und peng, schon wieder eine Ohrfeige. Kurz und gut, er setzte alles dran, damit ich gerade würde.

Mama war froh darüber. Ich glaube jedenfalls, weil sie zusah und nichts sagte. Sie lächelte ein wenig so, wie diese ägyptischen Statuen lächeln.

Ab und zu weinte ich. Ich verstand nichts, was sollte ich tun? Dann kam Mama zu mir, strich mir mit der Hand durchs Haar und sagte: »Weißt du, er tut das zu deinem Wohl, er liebt dich, wie dich dein Papa nie geliebt hat. Du wirst schon sehen, wenn du größer bist, wirst du ihm noch dankbar sein.«

So war ich noch verwirrter als zuvor. Wie konnte ich böse sein, wenn er so gütig war?

Die Kanarienvögel ließen ihre Kleinen nie frieren. Sie saßen immer über ihnen und fütterten sie jedesmal, wenn sie den Schnabel aufsperrten. Ja, ich habe alles in mein Heftchen geschrieben, und damit man es besser versteht, habe ich auch Skizzen gemacht.

Die Sache mit dem Blut, ach ja. Bei Tisch ist an dem Tag seltsamerweise nichts passiert, das heißt, sie haben mich verbogen gelassen, wie ich war, und wieder vom Krankenhaus weitergeredet. An dem Tag ist nichts passiert, und am nächsten und übernächsten auch nicht. Daher war ich mir ganz sicher, noch einmal ungeschoren davongekommen zu sein.

Dann eines Morgens, es war Sonntag, und Mama hatte Frühschicht, kommt er mich pfeifend wecken und sagt: »Steh auf, wir gehen zum Fischen!«

Fischen war seine größte Leidenschaft, er fischte nicht gern im Meer, das groß war und angst machte, sondern in kleinen Gebirgsbächen. »Es gibt nichts Besseres«, sagte er, »um die Nerven zu entspannen.«

Also ziehe ich mich an, nehme mein weißes Heftchen und folge ihm. Nach ein paar Stunden Autofahrt kommen wir in ein abgelegenes kleines Tal. Es ist niemand in der Nähe, und der Bach fließt mit lautem Geräusch rasch zwischen den Steinen dahin. Er schweigt die meiste Zeit, und wenn er spricht, ist er freundlich. Er findet einen passenden Platz, zieht seine Angel heraus, dann zieht er noch eine kleinere heraus und gibt sie mir. Daraufhin sage ich sofort, nein danke, ich wolle lieber nicht fischen, weil hier bestimmt viele Vögel in der Gegend seien, Eisvögel, Bachstelzen, Wasseramseln. Kurzum, ich hätte mich viel lieber auf einen Felsbrocken gesetzt und nichts getan. Doch er besteht darauf, sagt: »Komm schon, das eine schließt das andere nicht aus, du kannst fischen und gleichzeitig ganz ungestört die Vögel betrachten, es geht sogar noch besser, weil du ruhiger sitzen mußt.« Die Geschichte geht noch eine Weile weiter, er sagt: »Angel mit mir«, und ich sage: »Danke, lieber nicht«, dann sehe ich in seinen Augen ein Flackern, das mir nicht gefällt, und willige doch ein.

Er selbst macht beide Angeln fertig, befestigt die künstlichen Fliegen, deutet auf einen Platz, sagt: »Du setzt dich hier hin«, und läßt sich selbst etwas weiter oben nieder. Von dort ruft er mir zu: »Wenn du einen heftigen Ruck spürst, dann dreh die Rolle fest zu dir hin!« Dann schweigt er, und ich schweige auch.

Gerade als ich denke, daß er recht hat, daß es wirklich erholsam ist, macht meine Angelrute einen Satz. Ich kann sie kaum halten, und sowie ich sie wieder im Griff habe, fange ich an, die Rolle aufzuwickeln. Er kommt mir zu Hilfe, stellt sich hinter mich, zieht mit mir, und nach einem kurzen Kampf kommt aus dem Wasser eine riesige Forelle zum Vorschein. Er sagt: »Das hast du gut gemacht!«, und ich freue mich auch. Ich freue mich und lächle, bis der in der Luft zappelnde Fisch zwischen uns beiden, zwischen unseren Füßen landet. Er ist lebendig und glitzert, aber bald sind seine Schuppen voller Erde. Er dreht sich blitzschnell von einer Seite zur anderen, als stünde er unter Strom. Er schaut mich mit einem Auge an, dann springt er und schaut mit dem anderen. Die Pupille ist schwarz und klein, und darüber ist ein Strohhälmchen klebengeblieben. Da denke ich, er sieht mich, aber mit einem Balken in der Mitte . . . hinter dem Auge steht der Metallhaken heraus, und rundherum ist alles voll Blut. Daraufhin wende ich den Kopf ab und sage: »Jetzt kann man ihn doch wieder ins Wasser werfen, oder?« Das sage ich, und er packt mich mit einer Hand am Kinn, verdreht es mir und antwortet: »Du weißt, daß man die Fische fischt, um sie zu essen.« Dann herrscht Schweigen, ich bemerke aus dem Augenwinkel, daß nicht weit weg eine Bachstelze fliegt. Kaum ist sie verschwunden, reicht er mir einen Stein und sagt: »Töte du ihn!« Ich erwidere nichts und lasse den Stein zu Boden fallen. Er hebt ihn auf und gibt ihn mir noch einmal. Um es kurz zu machen, die Szene wiederholt sich mehrmals. Leise sagt er: »Wieviel Geduld ich aufbringen muß!« aber ich spüre, daß seine Geduld immer weniger wird, tatsächlich bekomme ich nach einigen Minuten eine so heftige Ohrfeige, daß ich hinfalle. Vom Boden aus sehe ich, wie er den Stein auf den Kopf des Fisches schmettert und der Kopf mit dem Angelhaken darin zu Brei wird. Daraufhin denke ich, es ist alles vorbei. Als ich gerade wieder aufstehen will, zieht er ein Messer aus der Tasche, nimmt es und schneidet den Kopf ab. Er kommt mit dem Kopf in der Hand auf mich zu, das Blut und das gelbe Zeug tropfen ihm von den Fingern, ich verstehe nicht, was er tun will. Jedenfalls stehe ich auf, aber es ist zu spät, er hat mich schon am Genick gepackt, mit der offenen Hand schmiert er mir den zerquetschten Fischkopf ins Gesicht.

Es mußte etwa Mittag sein. Als wir ins Auto steigen, legt er mir eine Hand um die Schultern, sagt: »Macht dir das Blut immer noch so viel Angst?« und drückt mich an sich, als seien wir alte Schulkameraden.

Ich durfte mir das Gesicht nicht waschen, bis wir fast in der Stadt angekommen waren. Erst in einem Vorort hielt er vor einem Brunnen an und sagte: »Steig aus und mach dich frisch, aber schnell.«

Ich hatte große Mühe, es abzukriegen, weil die Haut

inzwischen wie durchtränkt war, es war tief eingedrungen, bis ins Gehirn.

Mama erzählte ich nichts, und er war auch still. Er sagte nur: »Hast du den Fisch gesehen?! Es ist kaum zu glauben, aber den hat wirklich dein Sohn geangelt!« – und dann hat er zu lachen angefangen.

Wir haben den Fisch noch am selben Abend gegessen, gekocht, mit Kartoffeln und Mayonnaise.

Ja, ich habe auch mitgegessen, ohne etwas zu sagen. Erst hinterher habe ich mich im Bad eingeschlossen und mir einen Finger in den Hals gesteckt, so tief ich konnte.

Zehntes Gespräch

Wenn ich es mir jetzt überlege, kann ich sagen, daß dieser Sonntag so etwas wie eine Feuertaufe gewesen ist, ein Scheideweg. Ich könnte nicht erklären, was genau passiert ist, aber ich glaube, die Zeit hat sich verändert. Alles ist immer mehr in Bewegung geraten. Auf irgendeine Weise, die mir nicht klar ist, hat etwas angefangen, mir zu entgleiten.

Der Geruch des Blutes, vor allem. Obwohl ich mich gewaschen hatte, war es an mir klebengeblieben. In jener Nacht habe ich kein Auge zugetan. Ich spürte es immer noch rund um den Mund, rund um die Augen. Ich vergrub das Gesicht im Kissen und hatte den Eindruck, es wäre damit getränkt. Ich drehte das Gesicht nach oben und spürte es, feucht und süß, mit der Zunge in den Mundwinkeln. Ich empfand Grauen, Ekel, aber auch noch etwas anderes. Etwa so, wie wenn ein Wind kommt, und man sagt:

»Dieser Wind ist ein Vorbote.« Oder wenn man ein musikalisches Thema hört und schon bei den ersten Takten weiß, ob man traurig oder glücklich sein wird.

Kurzum, so kann es im Leben gehen. Es ist mir so gegangen, aber es kann jedem so gehen. Plötzlich, wegen einer Kleinigkeit, wird man in etwas anderes hineingezogen, weicht ab, kommt auf einen Weg, den man vorher noch nie gesehen hatte.

Ich weiß nicht, ob ich mich klar ausgedrückt habe, ob Sie mich verstehen. Ich wußte es damals auch nicht. Ich weiß es jetzt, wenn ich daran zurückdenke und alle Ereignisse noch einmal von hinten aufrolle. Taufe? Nein, eher Letzte Ölung, so etwa wie der Aasgeruch für die Hyänen.

Kurz und gut, um bei den Tatsachen zu bleiben, am Morgen nach dem Sonntag stehe ich, obwohl ich überhaupt nicht geschlafen habe, auf, um in die Schule zu gehen, und vor dem Anziehen will ich nachsehen, wie es meiner Kanarienvogelfamilie geht. Zuerst kann ich einfach nicht glauben, daß es wahr sein soll. Ich schaue und schaue noch einmal hin, und während ich hinschaue, sage ich mir, daß ich noch träume. Dann geht Mama hinter mir vorbei und berührt mich, und da begreife ich, daß ich wach bin, und daß die zerfetzten Körper auf dem Käfigboden wirklich meine Küken sind. Eines liegt rechts, die anderen beiden liegen links neben der Tränke. Alle haben eine klaffende Wunde am Hals und am Bauch, man sieht zwischen den kleinen Federn genau die inneren Organe. Sie sind nicht im Nest gestorben, dabei konnten sie doch noch gar nicht fliegen. Die Eltern tun so, als wäre nichts, hüpfen zwitschernd von einer Stange zur anderen. Wie ist das möglich, frage ich mich, wie ist das möglich? Und ich stehe davor, ohne einen Fuß oder einen Finger rühren zu können. Ich stehe immer noch im Schlafanzug und barfuß vor dem Käfig, als er, schon im Mantel, neben mir stehenbleibt, stehenbleibt, durch die Stäbe schaut und sagt: »Sieh an, alle tot!«

An dem Tag bin ich nicht in die Schule gegangen. Ich habe gesagt, ich ginge, bin aber nicht hingegangen. Statt dessen nahm ich einen Bus zum Meer und lief bis zum Mittag auf dem nassen Sand hin und her. Ich war dort, aber gleichzeitig war ich nirgendwo. Zum ersten Mal hatte ich ganz deutlich den Eindruck, aus Holz zu sein. Aus Holz oder aus Stein, das ist egal; einfach aus etwas, das nichts spürt, wenn man es anfaßt. Ja, ich hätte meinen Arm anzünden und, während die Flammen brannten, völlig ungerührt bleiben können. Nur ganz tief unten war ein kleiner lebendiger Teil. Eine Art nie erloschene Glut, etwas, was da war und dachte. Es dachte, auch wenn ich nicht bemerkte, daß es dachte.

Ich aß wie immer allein zu Mittag. Als ich fertig war, wußte ich nicht, was ich tun sollte, also habe ich mich schlafen gelegt. Plötzlich wachte ich schreiend auf, ungefähr um die Stunde des Sonnenuntergangs. Ich hatte folgendes geträumt: Ich lief so, wie ich an jenem Tag gelaufen war, und auf einmal fing ich ohne jede Vorwarnung Feuer. Der Brand flammte von innen auf. Ich sprang ins Wasser, aber es gelang mir nicht, das Feuer zu löschen, also schrie ich, so laut ich konnte. Ich schrie nicht nur im Traum, sondern wirklich. Da wachte ich mit dem Schrei im Zimmer auf.

Ich bin bis zur Abendessenszeit am Schreibtisch sitzengeblieben. Nur einmal stand ich auf, um in die Küche zu gehen. Als ich am Käfig vorbeikam, tat ich so, als sähe ich ihn nicht. Ich roch den Geruch des Blutes, hatte Angst, die toten Küken herauszunehmen. Dann kamen die beiden wie jeden Abend mit dem Auto zurück. Sie stellten es im Garten ab und kamen herauf.

Bei Tisch hat er mit dem Weinglas in der Hand gesagt: »Ich hoffe, du hast die kleinen Leichen weggeworfen.« Ich habe weder ja noch nein geantwortet, sondern geschwiegen. Da ist er aufgestanden und nachsehen gegangen. Er ist in die Küche zurückgekommen und hat gesagt: »Worauf wartest du noch? Daß sie die Würmer fressen?« Ich bin sitzengeblieben, er hat mich am Arm gepackt und versucht, mich hochzuziehen, ich habe mich mit den Fingern ans Tischtuch geklammert, mich mit den Füßen an den Tischbeinen festgehalten. Er zog, und ich gab nicht nach. Allmählich traten die Adern an seinem Hals hervor. Mama hatte indessen die Suppe ausgeteilt, mit grünen Stückchen darin schwappte sie vor mir im Teller.

Wir waren nun soweit gekommen, daß er brüllte: »Schmeiß sie weg!« und ich brüllte »Nein!« Alles in allem muß es ein paar Minuten gedauert haben. Dann bin ich unvermutet aufgesprungen, habe ihn überrascht, habe gebrüllt: »Schmeiß sie selber weg, du Mörder!« und ihm den Teller mit der Suppe ins Gesicht geschleudert.

Was danach war? Daran erinnere ich mich nicht genau. Mama schrie »Du bist verrückt!« und er tauchte mich mit dem Kopf wieder und wieder in eine Schüssel mit Wasser. Dann bin ich in meinem Zimmer, und er schließt die Tür hinter sich ab. Das Geräusch des Schlüssels höre ich jetzt noch. Ich liege am Boden, und es hagelt Fußtritte und Faustschläge von allen Seiten. Eine Weile verteidige ich mich, dann ermüde ich, es ist zwecklos, und ich tue so, als spürte ich nichts.

Später bin ich in meinem Bett, oder vielmehr unter dem Bett. Ich muß dort hingekrochen sein wie in ein Schlupfloch. Ich bemerke den Geruch des Blutes, strecke die Zunge heraus, es ist meine Nase, die blutet. Blut überall. Wie ich Ihnen gesagt habe: Taufe oder Scheideweg.

Am nächsten Tag bin ich ins Internat gekommen.

Elftes Gespräch

Natürlich schickten sie mich zu einem Psychologen, mit dem ich reden sollte. Sehen Sie, auch auf Ihrem Gebiet besitze ich schon eine gewisse Erfahrung. Ehrlich gestanden, redete ich nicht, sondern er versuchte, mich zum Reden zu bewegen. Dann hat er mich, da ich beharrlich schwieg, einige kleine Zeichnungen machen lassen. Ich habe sie schlecht und recht hingekritzelt, und danach bin ich ins Internat gekommen. Wenn ich geredet hätte oder wenn ich mehr Aufmerksamkeit auf die Zeichnungen verwendet hätte, wäre ich vielleicht nicht dort gelandet, aber so war es eben, und ich bin noch am selben Tag gefahren. Ob ich froh war? Ich weiß nicht, darüber dachte ich nicht viel nach. Wahrscheinlich schon, ich war wohl ziemlich glücklich, daß ich sie los war. Das einzige, was mir Sorgen machte, war die Unterbrechung meiner Studien. Seit dem Sonntag mit dem Fisch hatte ich nichts mehr in mein Heftchen geschrieben, hatte mich weder darum gekümmert, Steine zu sammeln, noch darum, die Bewegungen der Vögel zu verfolgen. Außerdem hatte ich in der Hast der Abreise alle meine Aufzeichnungen zu Hause vergessen.

Das Internat war ein großes blaßgelbes Gebäude mit stumpfen Scheiben. Es stand mitten auf dem Land. Als ich ankam, hatte das Schuljahr schon längst begonnen, und die Buben kannten sich alle. Am ersten Tag hat mich der Pater Rektor empfangen, ein Priester mit schon ganz weißen Haaren und feuchten Händen, die wirkten, als hätte er sie gerade aus dem Wasser genommen. Dort in seinem Studierzimmer erzählt er mir eine lange Geschichte von Schäfchen, die sich hierhin und dorthin verirrten ohne Aufsicht, und wie schön es doch dagegen sei, alle in der Herde vereint zu sein, und wie klug doch der Gebrauch des Stocks. Ich verstehe wenig oder gar nichts, und erst später merke ich, daß ich hohes Fieber habe. So sehe ich die anderen Jungen vorerst nicht. Ich komme auf die Krankenstation, wo ich ziemlich lange bleibe.

Dort ist niemand außer mir. Ich verbringe die Tage zusammengekauert unter der Decke und betrachte die Wand gegenüber. Eine Weile versuche ich, mich auf meine Klassifikationen zu besinnen, wiederhole, woran ich mich noch erinnere, um nicht aus der Übung zu kommen, aber ich friere zu sehr, und es gelingt mir nicht. Ich beginne, Namen und Formen durcheinanderzubringen.

Sowie ich wieder gesund bin, komme ich in meinen Schlafsaal und in meine Klasse. Da gibt es viele Regeln. Ich kenne sie noch nicht, daher mache ich immer alles falsch und werde immer bestraft. Wenn ich mit einigen Kameraden hätte reden können, wäre es wahrscheinlich etwas besser gegangen, aber es war verboten, daß wir Jungen uns miteinander unterhielten. Man konnte nur zu einer festgesetzten Stunde und unter Aufsicht des Obererziehers sprechen.

Warum ist ja klar, oder? Sie hatten Angst, es könnte eine Sympathie entstehen, und aus der Sympathie geradewegs diese Sache. Ich wußte noch gar nicht, daß es so etwas gab, daß einer in den anderen rein konnte, auch wenn es zwei Jungen waren. Natürlich passierten diese Sachen trotzdem. Es gab immer einen möglichen Augenblick, nachts oder auf dem Klo. Ob es mir gefiel? Nicht gefiel? Ich weiß es nicht, ich habe es mich nie gefragt.

Beim ersten Mal hat es mir nur wehgetan. Ich war auch etwas erstaunt, aber dann ist es zur Gewohnheit geworden. Mehr noch, da es verboten war, dachte man den ganzen Tag an nichts anderes. Die ersten Monate haben sie es mit mir gemacht, dann habe ich angefangen, es auch mit den anderen zu machen.

Wenn ich nach Wörtern suche, um die Zeit damals zu beschreiben, fallen mir zwei ein: Kälte und Halbdunkel. Kälte, weil die Räume und die Flure groß und kahl waren, Halbdunkel, weil nie die Sonne hereinkam und es nicht einmal ein etwas stärkeres Licht gab. Diese Sache war letztendlich ganz unschuldig. Man machte es, um sich zu wärmen, um etwas Laues in sich zu spüren.

Erst als das Frühjahr schon weit fortgeschritten war, wurde mir klar, daß die Eiseskälte nicht mit der Lufttemperatur zusammenhing. Es war die Haut, die kalt geworden war, und unter der Haut das Fleisch. Ab und zu hielt ich inne und lauschte, es schien mir manchmal, als ob auch das Herz sich in einen Eiszapfen verwandelt hätte und im

Brustkasten hinge wie ein Rinderviertel in einem Kühlraum.

Nein, sie waren mich nie besuchen gekommen, sie hatten mir nicht einmal frische Wäsche geschickt. Nur eine Postkarte war mal gekommen, nach ein paar Monaten. Hintendrauf stand: »Ich hoffe, du benimmst dich gut«, und darunter die Unterschrift: »Rita«.

Also, eines Tages, kurz vor Schuljahrsende, da passiert es, ich meine, sie entdecken uns. Ich war mit einem Kleineren zusammen, und ehrlich gesagt taten wir nichts Schlechtes. Kurz und gut, wir hielten ihn uns nur gegenseitig in der Hand. Jedenfalls fängt der Kleine, kaum daß der Priester die Tür öffnet und das Licht auf uns fällt, zu weinen an und schreit, er sei unschuldig, ich hätte ihn dazu gezwungen. Wir werden am Kragen gepackt und in ein Zimmer geschleppt. Nach einer Weile kommt der Pater Superior herein, mit einem Lineal in der Hand. Er heißt den Kleinen sofort die Hände auf den Tisch legen und schlägt darauf, schlägt, bis nur noch blutige Striemen da sind. Ab und zu hält er inne und vergewissert sich, ob ich zusehe. Schließlich führt er ihn zur Tür und sagt, bevor er ihn hinausläßt, zu ihm: »Für all das mußt du dich bei deinem Freund bedanken.« Dann sind wir allein. Ich denke, jetzt bin ich an der Reihe, und bereite mich schon darauf vor, doch es geschieht nichts. Er nähert sich mir, legt mir einen Arm um die Schultern und sagt: »Es tut mir leid, aber dich muß ich einsperren.« Ich denke: nicht so schlimm. Als er mich in einen dunklen Raum bringt und die Tür abschließt, bin ich fast glücklich und atme auf.

Es ist seltsam, aber zum erstenmal, seit ich dort bin, friere ich nicht mehr. Mir fallen die Hände des kleinen Jungen ein, das Blut, das daran herunterläuft, und in mir kommt etwas wie eine laue Wärme auf. Also sind wir doch nicht alle ganz aus Eisen oder Holz. Untendrunter, innendrin fließt noch etwas Lebendiges und Warmes.

Da ich nicht weiß, was ich tun soll, lege ich mich nach einer Weile schlafen. Das Geräusch des Schlüssels in der Tür weckt mich, ich weiß nicht, wieviel später. Noch bevor ich aufstehen kann, fällt sofort jemand von hinten über mich her und legt sich auf mich.

Ich erkenne undeutlich, daß er eine Maske über dem Gesicht trägt, eine grauenhafte Maske, und er sagt tatsächlich sofort: »Halte still, rühr dich nicht, ich bin der Teufel.« Doch sowie seine Hände mich berühren, wird mir klar, daß er keineswegs der Teufel ist, die Hände sind feucht und schlüpfrig wie die des Pater Superior.

Ich brauche nicht weiterzuerzählen, oder? Sie haben schon verstanden? Nur das kann ich noch sagen, von dem Augenblick an ist die Eiseskälte in mich zurückgekehrt und für immer dageblieben.

Einige Tage nachdem sie mich aus dem Zimmer herausgelassen haben, bin ich auf einem Spaziergang davongelaufen.

Zwei Tage hat es gedauert, bis ich meine Stadt erreichte. Mal ging ich zu Fuß, mal hielt ich Autos an. Unterwegs wuchs in mir allmählich die Überzeugung, daß Mama alles wußte und froh war, wenn ich zurückkehrte. Alles wäre so geworden wie immer: es hätte so werden müssen, daß sie mich einfach liebhatten, wir zusammenlebten.

Als ich an der Tür läutete, habe ich, fast ohne es zu merken, gelächelt. Sein Auto stand nicht da, deshalb war ich ruhiger. Ich habe noch die ganze Treppe hinauf gelächelt und auch, als ich in die Küche trat. Sie stand am Herd, beim Geräusch der Schritte wandte sie sich um. Ich dachte, sie würde die Arme ausbreiten. »Mama, hier bin ich!« habe ich gesagt.

Sie hat geantwortet: »Das sehe ich« und hat weitergekocht.

Zwölftes Gespräch

Wollen Sie wissen, was dann passiert ist? Sie haben mich ins Internat zurückgeschickt. Ja, die Patres haben sich etwas angestellt, bevor sie mich wieder genommen haben. Sie wollten nicht, sagten, wenn einer davonläuft, kann er nicht zurück. Mama hat gedrängt und gedrängt, und am Ende haben sie nachgegeben. Zwei Tage später bin ich wieder hingefahren.

Die zwei Tage in der Familie waren ein bißchen seltsam. Sie haben mich weder ausgeschimpft noch irgend etwas gesagt: Ich war da, aber es war, als ob es mich nicht gäbe. Sie waren weder froh noch verärgert, ich war für sie einfach nicht vorhanden und basta. Eines Morgens, während ich in meinem Zimmer war und nicht recht wußte, was ich anfangen sollte, ist Mama hereingekommen und hat gesagt: »Setz dich, ich muß mit dir reden.« Ich habe mich aufs Bett gesetzt, und da ist mir so kalt geworden, daß ich angefangen habe zu zittern. Ich zitterte und klapperte mit den Zähnen. Ich hätte ihr gern gesagt, was passiert war, aber ich hatte nicht den Mut. Ich dachte, daß sie mir nicht glauben würde, daß sie sagen würde: »Verlogen, wie du bist, hast du dir alles bloß ausgedacht.«

Jedenfalls setze ich mich hin und zittere und Mama sagt: »Das machst du extra, bei dieser Hitze ist es unmöglich, daß einem kalt ist.« Also versuche ich, mich zu beherrschen, ich versuche es, aber es gelingt mir nicht. Daher gehe ich, um meinen guten Willen zu beweisen, zum Schrank, nehme zwei Pullover heraus und ziehe sie mir über. Da seufzt sie tief. Sie seufzt und sagt: »Du weißt nicht, wie schwierig es ist, Eltern zu sein.« Dann faßt sie an ihren Bauch, schaut ihn an und fügt hinzu: »Es gibt eine Neuigkeit, eine große Neuigkeit. Du wirst bald ein Brüderchen bekommen.«

Ich betrachte sie verstohlen. Ehrlich gesagt, sieht man noch nichts. Als sie weiterspricht, bin ich schon weit fort – nicht ich, sondern der aus Holz sitzt da und hört ihr zu – es dringt zu mir wie ein Echo in einem Gebirgstal ... daß sie müde sei, sie habe so viele Verpflichtungen, auch Papa sei müde, er arbeite sich den ganzen Tag zu Tode, jetzt komme bald dieses neue Kind, da sei es besser für alle, wenn ich ganz brav ins Internat zurückgehe.

Ich antworte nichts. Dies ist eine Geschichte, in der ich aus Versehen gelandet bin, denke ich und fange wieder an zu zittern wie Espenlaub, das fast vom Baum fällt.

Gewiß, ihn habe ich in jenen Tagen auch gesehen, wir haben ein paarmal zusammen gegessen. Beim ersten Mal hat er so getan, als sehe er mich nicht, er drehte sich zu meiner Seite, und sein Blick glitt über mich hinweg. Beim zweiten Mal bekam ich, kaum daß ich mich hingesetzt hatte, einen heftigen Schluckauf. Selbst wenn ich den Mund geschlossen hielt, hörte man es trotzdem. So dreht er sich nach einer Weile zu mir und sagt: »Jetzt könntest du allmählich damit aufhören«, und sowie er es sagt, wird der Schluckauf noch stärker. Es ist still rundherum, und man hört nichts als dieses Geräusch im Zimmer. Da knallt er das Besteck auf den Teller, kommt auf mich zu, ich werde ganz klein, versuche mehr oder weniger zu verschwinden, doch bevor er bei mir ist, steht auch Mama auf, berührt ihn und sagt: »Bitte nicht.« Er hält einen Augenblick inne, dann dreht er sich herum und verläßt türenschlagend das Haus.

Ich habe Mama dann nicht mehr gesehen. Sie ist am Abend nicht in mein Zimmer gekommen, um sich zu verabschieden, und am nächsten Morgen, als ich wegging, habe ich mich umgedreht und zum Fenster hinaufgeschaut, aber sie stand nicht hinter der Scheibe. Nachdem ich ja allein fuhr, hätte ich auch flüchten können. Ehrlich gesagt kam mir der Gedanke natürlich, als ich vor dem Zug stand, aber ich hatte ja kein bißchen Geld in der Tasche. Und dann, was wäre aus mir geworden? Wenigstens einmal wollte ich versuchen, gut zu sein.

Wenn ein Brüderchen geboren wurde, liebten sie sich, klar. Und ich hoffte, daß diese Liebe sich wie ein Ölfleck ausbreitete. Sie könnte doch immer größer werden, so groß, daß ich früher oder später auch mit hineinrutschte.

Kurzum, es war besser zu warten, um nicht alles zu ruinieren.

Kaum war ich wieder dort, bestraften sie mich. Ich durfte drei volle Monate nicht aus dem Haus. Es wurde Sommer, und wir blieben nur zu zehnt zurück. In der Schule war ich durchgefallen, mußte viel lernen für die Nachholprüfung und hatte keine Zeit, an etwas anderes zu denken. Ich saß immer über die Bücher gebeugt, in den freien Stunden widmete ich mich der Klassifizierung. Ja, zu jener Zeit war mir die Idee gekommen, daß nicht alles verloren war, daß es mir, wenn ich wirklich fleißig arbeitete, doch gelingen würde, ein großer Wissenschaftler zu werden.

Der Pater Superior? Von Angesicht zu Angesicht bin ich ihm nur ein paarmal im Flur begegnet. Ich hätte ihm einen Kinnhaken versetzen, ihn anbrüllen können, daß ich wisse, wer er wirklich war. Statt dessen bin ich, als er mit der Hand mein Kinn anhob, nur rot geworden und habe die Augen niedergeschlagen.

Dann wurde es wieder Herbst, und ich bestand die Prüfungen glänzend. Niemand dachte daran, mir ein Paket mit wärmerer Kleidung zu schicken. Die Strafe umfaßte nämlich auch, daß ich nicht vor dem Weihnachtstag zu Hause anrufen durfte.

In diesen Monaten ist die Kälte ganz tief eingedrungen, hat begonnen, an meinen Knochen zu zehren. Wenn ich tagsüber durch die Räume ging, hatte ich den Eindruck, das Geräusch der Oberschenkelknochen, der Schlüsselbeine zu vernehmen. Ich weiß, daß es unmöglich erscheinen mag, aber es ist so. Sie waren wie aus Eis und klapperten in dem gefrorenen Fleisch. Haben Sie noch nie einen Fisch aus dem Tiefkühlfach geholt? Wenn Sie ihn auf den Tisch werfen, macht er ein Geräusch wie ein Stein. Wie meine Knochen in diesen Monaten. Sehnsüchtig wartete ich auf die Nacht, die laue Wärme der Decken. Aber es war eine sinnlose Erwartung, denn kaum lag ich im Bett, war mir kälter als zuvor. Nebendran schlief ein kleiner Junge, der immer weinte. Um ihn nicht zu hören, dachte ich an anderes, an das weiche heiße Herz der Erde. Mit meiner Vorstellungskraft stieg ich Schicht um Schicht hinunter, bis ich dort in die höllische Hitze gelangte. Es war eine Masse flüssigen Feuers, und wenn die Erde sich drehte, schwappte sie mit entsetzlichen Strudeln hierhin und dorthin.

Das Bild dauerte manchmal in den Träumen an. Dann begann die Masse, anstatt sich mit regelmäßiger Schwankung innerhalb ihres Raumes zu bewegen, anstatt dort drinnen zu liegen wie ein Kern in der Mitte der Frucht, voller Wucht nach allen Seiten aufzubrausen, brauste und brauste, bis sie etwas fand, einen Spalt, eine Ritze, und blubbernd nach oben stieg. Sie stieg und stieg, Meere und Seen wurden flüssiges Feuer, und aus allen Wasserhähnen der Erde schoß in Strömen das Magma vermischt mit Lapilli. Danach, wer weiß warum, passierte das gleiche mit Leuten. Nicht das Herz der Erde barst, sondern ihr eigenes Herz, mitten im Brustkasten, und das Blut sprudelte aus den Augen, aus dem Mund, floß in langen Rinnsalen aus den Fingerspitzen.

Ich erwachte immer an dieser Stelle, und kaum war ich wach, fror ich wieder. Unterdessen war der Kleine neben mir dann endlich eingeschlafen, man hörte nicht mehr sein Weinen, rundum herrschte nur große Stille.

Kurz vor Weihnachten bekam ich während der Pause ein Telegramm. Ich ging aufs Klo, um allein zu sein. Dann öffnete ich es und las: »Du hast ein Brüderchen bekommen, es heißt Benvenuto.«

Wo waren wir stehengeblieben? Bei seiner Geburt? So war es, ja, ich habe keinerlei Aufregung empfunden, als ich die Nachricht las. Wie sollte ich? Ich habe nie den Bauch gesehen und auch nicht, daß die beiden sich liebhatten. Nur eins habe ich gedacht, hoffentlich hat es mehr mein Gesicht als das seines Vaters, hoffentlich ist es einigermaßen nett.

Ansonsten ging alles ruhig seinen Gang. Ich habe nicht viel zu sagen über diese Zeit. Morgens besuchte ich den Unterricht, nachmittags lernte ich. Einmal in der Woche machten wir alle gemeinsam einen Spaziergang über die umliegenden Felder. Eine Fußballmannschaft war aufgestellt worden, und ich hatte mich geweigert mitzumachen. Mich zu bewegen gefiel mir überhaupt nicht, ich saß lieber im Klassenzimmer oder in der Bibliothek und lernte. Ich wußte, daß mir noch fünf Jahre fehlten, um groß zu werden, und daher setzte ich einfach alles daran, diesen Punkt zu erreichen. Ich sprach mit niemandem mehr. Nur in der Schule antwortete ich auf Fragen. Warum? Ich weiß nicht, ich mochte nicht, ich hatte nichts zu sagen.

Im Lauf der Monate hatte ich den Eindruck gewonnen, daß ich nicht mehr aus Holz war, sondern eher wie eine Frucht, die vertrocknete. Ich glaube, das kam so: Vor dem Klassenfenster stand ein Khakibaum. An Sonnentagen sah ich ihn ganz, an nebligen Tagen nur die Früchte. Zuerst war da der Stamm mit den Ästen, den Blättern und den glatten runden Früchten, hellorange. Ganz allmählich fielen die Blätter dann ab. Erst grün, waren sie nun rostfarben geworden. Geblieben sind die Früchte von immer kräftigerer Farbe.

Jeden Morgen sah ich hinaus und dachte: Heute sind sie bestimmt heruntergefallen, liegen zwischen den Blättern zermatscht am Boden. Und jeden Morgen waren sie doch an ihrem Platz, hingen dort oben, immer kleiner, immer röter. Sie zogen sich zusammen, so wie ich innerlich. Eine Stimme sagte mir, daß ich weitermachen mußte, eine andere sagte mir, daß ich überhaupt keine Lust hatte weiterzumachen.

Wie auch immer, von zu Hause war inzwischen immer noch kein Paket mit den Winterkleidern eingetroffen. Weder das Paket noch irgendeine andere Nachricht, und ich fror mich zu Tode. Also nehme ich – war's im Februar? – allen Mut zusammen und beschließe anzurufen. Ja, unterdessen war es mir erlaubt. Ich hätte es sogar schon seit zwei Monaten tun können. Warum ich es nicht getan hatte? Einfach so, ich dachte nicht daran und basta. Jedenfalls entscheide ich mich, hole mir die Telefonmünzen und warte auf die richtige Zeit, die Zeit, um die ich fast sicher bin, daß er nicht zu Hause ist. Ich stehe da in der Kabine, und während der Hörer tuut, tuut macht, läuft mir kalter Schweiß vom Nacken über den Rücken hinunter, bedeckt ihn ganz und gar. Ich warte und warte, und als ich fast entschlossen bin, wieder aufzulegen, antwortet eine Stimme. Ich weiß nicht warum, aber es ist er. Statt im Krankenhaus zu sein, ist er zu Haus. Kurz und gut, ich bringe die Kraft auf zu sagen, wer ich bin, sage meinen Namen. Wer weiß, warum ich ihn sage, vielleicht habe ich Angst, daß er mich am Ton allein nicht erkennt. Ich sage: »Ich bin's«, und er antwortet: »Willst du die Mama?« und ich sage natürlich: »Ja.« Eine Weile herrscht Schweigen, dann erneut seine Stimme. Er sagt: Mama kann nicht, sie gibt gerade unserem Kind die Brust; mach's doch so, ruf wieder an, wenn du kannst, und ohne etwas hinzuzufügen, legt er auf. Ich bleibe noch eine Zeitlang da stehen mit dem Hörer in der Hand. Auch daran hatte ich nicht gedacht, daß sie ihm die Brust gab. Anstatt Wärme zu empfinden, wurde mir noch kälter.

Genau an dem Tag beginnen einige Khakifrüchte herunterzufallen, lösen sich ab. Wenn ich mich ein wenig recke in der Bank, sehe ich sie unter dem Baumstamm verteilt, zwischen den Blättern und der Erde ausgebreitet wie Blutflecken.

Unterdessen war der Karneval gekommen. Der letzte Tag, ich meine, der vor der Bußzeit.

An diesem Tag findet ein kleines Fest im Internat statt, und da, das heißt in der Nacht, passiert etwas. Wir haben es erst am nächsten Morgen erfahren. Der Gärtner war es, der ihn entdeckt hat, kurz vor sieben. Er war etwas kleiner als ich, ein paarmal hatte er mich gebeten, ihm bei den Hausaufgaben zu helfen. Bei dem Fest war er mit am lustigsten gewesen, er lachte mit allen, sprang hierhin und dorthin.

Die Leiche habe ich nicht gesehen. Nur das Rot habe ich später auf dem Asphalt im Hof entdeckt, den Fleck, den die Eingeweide hinterlassen haben. Sie hielten uns von der Stelle fern, allerdings; sie befürchteten, es könnte einen Hai unter uns geben, einen, der Blut sah und dann noch mehr wollte. Jedenfalls, sowie ich den Fleck gesehen habe, war mir klar, daß es kein Irrtum oder Stolpern gewesen sein konnte. Er war nicht gefallen, sondern hatte einen Sprung getan. Er war heruntergekommen wie die Khakifrüchte, wenn sie es satt haben, am Baum zu hängen.

In der darauffolgenden Nacht habe ich meine Beine, meine Arme, meinen Bauch befühlt. An welchem Punkt war ich? Außen war ich trocken, verwelkt, die Lymphe zirkulierte fast überhaupt nicht mehr: ich hätte eine ganz lange Nadel hineinstechen und dabei ganz unberührt bleiben können. Nur an einem fernen, sehr, sehr fernen Ort veränderte sich noch etwas. Ich weiß nicht, was es für eine Veränderung war, vielleicht die eines Stoffes, der gesund war und nun zu faulen begann. Das hat mir angst gemacht, natürlich.

Danach ist eine Stimme gekommen. Welche Stimme? Die, die immer spricht, wenn ich weit weg bin. Die Stimme hat mir gesagt, ich solle fortgehen, mich in Sicherheit bringen, ich sei nicht dazu geboren, zu enden wie eine Khakifrucht. Was ich darüber dachte? Ich weiß nicht, ich erinnere mich an dies: Plötzlich standen mir all die Gestalten der Forscher und Eroberer vor Augen, derjenigen, die aufbrachen und nicht wußten, wohin sie fuhren, und die dann berühmt wurden. Ob ich mich auch einschiffen wollte? Vielleicht.

Wenn man eine Sache im Kopf hat und nur an sie denkt, gelingt es einem am Schluß, sie auszuführen. So ging es mir mit der Flucht. Ein winziger Moment der Unaufmerksamkeit bei einem Spaziergang hat genügt, schon war ich in einem Busch verschwunden und von dort aus dann in den Feldern wie ein Wiesel.

Ans Meer bin ich nie gekommen. Drei Tage lang bin ich ein bißchen hier und dort durch die umliegenden Wälder gestreift. Dann hatte ich Hunger, fror. Ich bin zu einem Bahnhof gegangen, habe mich im Wartesaal niedergelassen. Während ich dort auf einer Bank ausgestreckt lag und schlief, faßt mich ein Herr an der Schulter und sagt: »Hast du eine Fahrkarte?« Natürlich war er von der Polizei. Warum hätte er mich sonst fragen sollen?

Vierzehntes Gespräch

Trotz meiner Befürchtungen ist mir nichts Böses geschehen. Aus dem Wartesaal haben sie mich in ein Büro gebracht. Ich habe fast eine Stunde lang gewartet, dann ist eine Dame gekommen und hat mir viele Fragen gestellt. Einen Augenblick lang habe ich überlegt, ob ich ihr lauter falsche Antworten geben soll. Ich habe ihr ins Gesicht gesehen und begriffen, daß es zwecklos war, mit ein paar Telefongesprächen hätten sie doch alles herausgekriegt. Also habe ich ihr gesagt, ich sei fortgelaufen, weil ich es satt hatte, an jenem Ort zu leben. Ich hätte eine Familie, ein Brüderchen, das ich noch nie gesehen habe, bei denen wollte ich sein. Die Frau sagt nichts dazu, schreibt und schreibt. Wenn meine Antwort ihr nicht klar ist, wiederholt sie, was ich gesagt habe, formuliert es um.

Dann sagt sie, es sei gut so. Sie läßt mich ein Blatt unterschreiben, führt mich in ein Zimmer und verschwindet, ohne noch etwas hinzuzufügen.

An dem Punkt dachte ich nur eins. Ich dachte, was sie mit mir machen würden: ob ich etwa im Gefängnis oder einem ähnlichen Ort landen würde, kurz und gut, ich hatte nicht die mindeste Vorstellung und war auch nicht fähig, mir eine zu machen. Ich warte also und friere. Und Hunger habe ich auch. Zum Glück kommt ein Polizist und fragt mich, ob ich etwas essen will. Ich sage, ja, ein Brötchen, was darauf ist, sei egal. Ich warte und warte, und die Sonne geht unter, der Abend kommt. Inzwischen hatte ich mir alles mögliche ausgedacht, daß es kein Gefängnis gab, das streng genug war; daß sie zu Hause angerufen hatten und er geantwortet hatte, behaltet ihn ruhig, wir wollen ihn nicht zurück; daß er das gleiche gesagt hatte, wie wenn man etwas kauft, was dann nicht funktioniert. Oder auch, daß sie mir kein einziges Wort geglaubt hatten und nun Photo für Photo, Kartei um Kartei überprüften.

Schließlich überkam mich so etwas wie Müdigkeit. Ich konnte noch so viel nachdenken, es passierte doch nichts. Also habe ich die Augen zugemacht und den Kopf an die Wand gelehnt. Das Knarren der Tür hat mich geweckt. Die Frau von vorher kam herein und hinter ihr meine Mutter. Bevor mir richtig klar war, was geschah, hat sie sich auf mich gestürzt, mich in die Arme geschlossen. Da habe ich den Geruch wahrgenommen, den ich damals immer roch, als ich bei ihr schlief. Jemand sprach, es war sie. Sie sagte, seit sie es vom Internat erfahren haben, hätten sie sich solche Sorgen gemacht! »Mein Liebling, geht es dir gut?« Das sagte sie und fuhr mir mit der Hand durchs Haar, übers Gesicht, über die Augen. Sie berührte mich, als wäre ich schon gestorben oder als hätte sie mich noch nie gesehen.

Danach sind wir in ein anderes Zimmer gegangen. Sie hat auch einige Papiere unterschreiben müssen. Sowie sie fertig war, hat sie allen die Hand gedrückt. Sie sagte ständig: »Danke, danke! Ich weiß gar nicht, wie ich Ihnen danken soll.«

Sie sind dort sehr nett gewesen, wie gesagt. Die Frau, die

mich verhörte, hat uns sogar bis zum Ausgang begleitet und uns nachgewinkt, während wir die Treppe hinunterstiegen.

An der Ecke wartete ein Auto auf uns. Darin saß er, und bei ihm war mein Brüderchen. Ich bin eingestiegen und wußte nicht, was ich sagen sollte, ich hatte auch ein wenig Angst. So habe ich, sowie ich das Bündel entdeckte, gesagt: »Huhu, wie geht's im Leben?!« Der Kleine schlief. Vielleicht habe ich ihm angst gemacht, vielleicht gefiel ihm mein Gesicht nicht. Er hat sofort die Augen geöffnet und geschrien wie am Spieß.

Da hat Mama ihn auf den Arm genommen, es gelang ihr aber nicht, ihn zu beruhigen. Der Mann meiner Mutter hielt beim Fahren eine Hand immer auf der Gangschaltung, beschleunigte zu viel, bremste zu wenig, mit aufeinandergepreßten Lippen. Es waren zwei Stunden bis nach Hause, wir haben die ganze Strecke so zurückgelegt. Auch als das Kind wieder eingeschlafen war, haben weder Mama noch ihr Mann den Mund aufgemacht. Ich hätte ihn gern aufgemacht, ich hätte gern gesagt, daß der Kleine hübsch sei oder daß ich mich freue, hier mit ihnen zu sitzen, daß ich nun für immer brav sein würde. Ich wollte es sagen, habe es aber nicht gesagt, die Zunge blieb bewegungslos. Sie war wie künstlich, aus Holz oder aus Glas.

Ein Trickfilm fiel mir ein: da war eine runde, glänzende schwarze Bombe mit einer langen Zündschnur. Die Zündschnur brannte, und alle hatten es bemerkt, niemand wollte die Bombe halten, alle liefen durcheinander und warfen sie sich gegenseitig zu, so daß keiner von ihnen entkommen konnte, bevor die Bombe explodierte.

Was stimmte nun? Mamas Umarmung in dem Büro oder

das Schweigen im Auto? Was war echt und was nicht? Ich fragte es mich und wußte keine Antwort.

Zu Hause hatte sich etwas verändert. Mein Zimmer war zum Zimmer des Brüderchens geworden. Ein winzigkleines Bett aus weißem Holz mit einem Stoffbären darin und mit einer Lampe, die gleichzeitig Musik spielte und sich drehte, stand nun dort.

»Du kannst in der Küche schlafen«, hat Mama gesagt, »irgendwo muß noch die alte Campingliege herumstehen.« Und ohne etwas hinzuzufügen oder mir in die Augen zu sehen, hat sie danach zu suchen begonnen.

Fünfzehntes Gespräch

Endlich war ich wieder zu Hause. Es war zwar nicht der Platz, den ich mir wünschte, aber jedenfalls war ich wieder da. Ich dachte, daß nun alles bessergehen würde, wie sollte es denn sonst gehen? Sehen Sie, ich hatte die Geschichte von den zwei Autos vergessen.

Kurzum, ich verbringe die Nacht auf der Campingliege. Ich schlafe einen tiefen Schlaf, den Schlaf eines Tieres, das lange auf der Flucht war. Als ich aufwache, sitzen die beiden in der Küche und frühstücken. Ich halte die Augen geschlossen, gebe vor, noch zu schlafen, bis sie hinausgegangen sind. Dann stehe ich auf, ziehe mich ganz langsam an. Es erscheint mir unmöglich, daß keine Glocke ertönt wie im Internat und mich zur Eile antreibt. Ich esse etwas aus dem Kühlschrank, und dann fange ich an, durchs Haus zu streifen. Ich öffne die Schränke, die Schubladen, schnüffle überall herum. Natürlich suche ich hier und dort nach meinen Sachen, meinen paar Kleidern, der Steinsammlung, dem olivgrünen Kanarienvogelpärchen. Ich suche und suche, finde aber nichts. Oder besser, doch, nach etwa zwei Stunden finde ich im Keller meinen Vogelkäfig; die Kanarienvögel sind nicht mehr da, an ihrer Stelle sitzt eine riesige Spinne, die zwischen den Gitterstäben ihr Netz gespannt hat.

Zum Mittagessen kommen sie nicht heim. Das Kind ist in der Krippe. So bleibe ich allein bis zum Abend.

Zuerst kommt meine Mutter. Sie steigt mit dem Kind im Arm die Treppe herauf, ich lächle und gehe ihr entgegen. Ich lächle auch, als sie es auf den Tisch legt und ihm eine frische Windel anzieht. Der Kleine schaut sich um. In dem Augenblick, in dem ich glaube, daß seine Augen mich, mein Gesicht ansehen, lächle ich noch breiter. Ich lache sogar fast. Da geschieht etwas, wovon ich nie erwartet hatte, daß es geschehen könnte, kurzum, er lächelt ebenfalls. Während er mich anlächelt und ich zurücklächle, klingelt es an der Tür, und Mama geht öffnen. Daraufhin beuge ich mich über ihn, nehme ihn auf den Arm, er ist zart, ganz leicht, und lächelt immer noch. Jetzt betrachte ich ihn in Ruhe aus der Nähe und bemerke, daß er mir wirklich ähnelt, er hat meinen Mund und meine Augen und nicht die seines Vaters.

Wir lachen noch zusammen, als die beiden ins Zimmer treten. Mama schaut mich an und sagt nichts. Er sieht mich, schreit: »Gib ihn her«, und reißt ihn mir aus dem Arm. Der Kleine fängt sofort an zu brüllen: er wird ganz rot im Gesicht und brüllt. Ich weiß nicht, was ich tun soll. Ich stehe da, die Hände in den Taschen, vielleicht bin auch ich rot, ich schäme mich und weiß nicht, wofür. Dann verlasse ich den Raum und gehe in den Keller. Dort unten warte ich, bis es Zeit ist zum Abendessen.

Ich besitze eine Uhr, natürlich. Ich habe sie viele Jahre zuvor zur Erstkommunion bekommen. Ich schaue darauf, und als die Zeiger auf acht stehen, gehe ich in die Küche hinauf. Die beiden essen schon, es scheint, als merkten sie gar nicht, daß ich hereingekommen bin. Ich nähere mich dem Tisch, will meinen Platz einnehmen und sehe, daß weder ein Teller, noch ein Glas, noch Besteck für mich gedeckt ist, nichts ist da, nur die blütenweiße Tischdecke.

Was ich mache? Ich stehe da wie angewurzelt, blicke auf ihre Teller, meinen leeren Platz. Ich stehe eine Weile dort, dann sage ich: »Und ich?« Das sage ich, und keiner antwortet mir. Sie essen unbeirrbar schweigend weiter, die Augen auf den Teller gesenkt. Ich warte noch etwas. Als meine Mutter das Hauptgericht aufträgt, gehe ich. Ich laufe auf die Straße hinaus, schaue von unten hinauf zu den erleuchteten Fenstern. Sowie das Licht ausgeht, rühre ich mich von der Stelle und laufe ein bißchen herum. Ich habe keine Schlüssel. Später muß ich läuten, um wieder hineinzukommen. Meine Mutter öffnet mir, sie ist in Nachthemd und Morgenrock. Kaum bin ich die Treppe hinaufgestiegen, sagt sie zu mir: »Vielleicht hast du dich gefragt, warum dein Platz bei Tisch nicht gedeckt war...« Ich nicke nur bestätigend mit dem Kopf. Da fährt sie fort:

»Siehst du, du hättest mindestens bis Juni im Internat bleiben müssen. Nachdem du diese Dummheit begangen hast und fortgelaufen bist, ohne uns um Erlaubnis zu fragen, müssen wir dich gezwungenermaßen hier zu Hause behalten. Du bist hier, aber für uns ist es, als ob du nicht da wärst, wir tun so, als wärest du noch im Internat. Wir können nicht anders, es war schließlich so abgemacht. Du selbst hast die Abmachungen gebrochen. Es ist zu deinem Besten, verstehst du.«

Ich denke natürlich, es sei ein Witz. Wie konnte so etwas wahr sein? Also nicke ich, sage ihr gute Nacht, lege mich auf meine Liege und schlafe ein.

Erst in den darauffolgenden Tagen wird mir klar, daß es wirklich wahr ist. Niemand sagt guten Morgen oder gute Nacht zu mir, niemand spricht mit mir. Mein Platz bei Tisch bleibt immer leer. Was ich tue? Ich halte mich so wenig wie möglich zu Hause auf. Ich laufe den ganzen Tag auf der Straße herum, komme nur zum Schlafen heim, esse etwas aus dem Kühlschrank. Wohin ich gehe? Ich weiß nicht mehr, ich bewege mich durch die Straßen wie ein Roboter, eine Vogelscheuche. Ein paarmal kommt mir plötzlich die Idee, mich vor einen Autobus zu werfen. Ich denke es, aber meine Beine machen nicht mit, also bleibe ich stehen. Manchmal gehe ich um die Mittagszeit vor eine Schule. Mit verschränkten Armen stelle ich mich hin und schaue zu, wie die Kinder herauskommen, als wäre ich einer von den Eltern. Wenn ich eins herauslaufen und Mama oder Papa umarmen sehe, regt sich plötzlich etwas in mir, ich spüre eine Flamme im Magen aufzucken. Vom Magen steigt sie hinauf in die Augen, ich sehe rot, mir ist, als sei das weiche heiße Herz der Erde in mir, als sei es explodiert. Das waren die Augenblicke, in denen ich eine Sekunde lang sicher war, nicht schon tot zu sein.

Ja, ich habe es Ihnen schon gesagt, um etwas zu essen, ging ich an den Kühlschrank, wenn sie ausgegangen waren oder schliefen. Ich aß, was mir zwischen die Finger kam, ohne weiter darauf zu achten. Ich wußte nicht, daß es verboten war. Wie hätte ich es wissen sollen, da ja niemand mit mir sprach? Wie auch immer, eines Nachts hatte ich vor dem Schlafengehen einige Heringe mit Butter verzehrt. Ehrlich gesagt war mir meine Ernährung nicht besonders wichtig. Im Gegenteil, sie war mir absolut gleichgültig, aber man weiß ja, daß der Trieb zuallerletzt stirbt, ich war kaum noch vorhanden, aber er lebte noch. Kurzum, ich esse widerwillig diese Heringe und lege mich auf das Feldbett.

Er kommt an dem Abend spät heim. Kommt und reißt sofort den Kühlschrank auf. Er hält einen Augenblick lang vor der offenen Tür inne, dann schreit er: »Wer hat meine Heringe gegessen?!« und beginnt zu brüllen. Mit dem Kopf unter der Decke höre ich, daß er hinübergeht, zu meiner Mutter, und laut wiederholt: »Dieser Bastard von deinem Sohn hat sie gegessen! Er hat sie alle aufgegessen, um mich zu ärgern.« Ihre Stimme dringt nicht bis zu mir. Ich weiß nicht, ob sie schweigt oder leise antwortet. Jedenfalls fängt er wieder an, im Haus herumzulaufen und dabei zu schreien und alles kaputtzumachen, was er kaputtmachen kann. Was ich tue? Ich stehe auf, flüchte, verstecke mich in einem Schrank. Ich wußte, daß er früher oder später kommen würde. Tatsächlich höre ich hinter der Tür, daß er in die Küche geht. Ich höre, wie er das Bett mit einem Fußtritt umwirft, noch lauter schreit und mich sucht. Ich hoffe nur eins, daß er irgendwann ermüdet. Doch er gibt nicht auf, nach kaum fünf Minuten öffnet er den Schrank und findet mich.

Ich denke: jetzt kotze ich sie ihm ins Gesicht. Doch darauf ist er auch schon gekommen. Er steckt mir einen Löffel in den Hals, wie es die Ärzte machen, und bringt mich zum Erbrechen.

Wir stehen einander gegenüber, mit dem Erbrochenen in der Mitte. Ich habe vor Anstrengung Tränen in den Augen. Er ringt nach Luft. Sowie er wieder besser atmen kann, sagt er: »Laß es dir auch nicht im Traum einfallen, noch einmal meine Sachen aus dem Kühlschrank zu essen!« Er gibt mir zwei Ohrfeigen, daß ich beinahe zu Boden falle. In der Nacht habe ich im Schrank geschlafen. Ich habe mich zwischen den Kleidern zusammengerollt wie ein Fuchs im Winter in seinem Bau.

In den folgenden Monaten gab es keine besonderen Vorkommnisse. Er war nur immer ziemlich nervös. Mama beobachtete ich verstohlen, wenn sie es nicht sah, ich schaute sie an und hatte den Eindruck, daß sie, auch wenn sie vorgab, glücklich zu sein, im Innersten traurig war. Das Brüderchen war indessen größer geworden, es hatte krabbeln gelernt. Es konnte sich aber nur rückwärts bewegen. Wenn es also etwas sah und hin wollte, entfernte es sich statt dessen. Und je weiter es zurückkrabbelte, um so lauter schrie es, weil es sich darüber ärgerte.

Ich hätte es gern angefaßt, auf den Arm genommen, seine Wärme gespürt, aber ich durfte nicht. Es war mir nicht gestattet, also betrachtete ich es von weitem und sonst nichts.

Kurz bevor der Sommer begann, wurde der Mann meiner Mutter noch nervöser. Er war wieder eifersüchtig und kam fast jede Nacht betrunken heim. Ich versteckte mich, wo ich konnte, suchte schon vor dem Abendessen einen sicheren Platz. Um nicht gefunden zu werden, wechselte ich jedesmal. Von dort hörte ich, was er schrie. Er schrie: »Der ist genau wie der andere ein Bastard! Hure, Hündin, Miststück, bei allen machst du die Beine breit!«

So redete er mit Mama. Was sie sagte, weiß ich nicht, ich konnte es nicht hören, weil ich zu weit weg war. Wenn sie nicht zu Hause war, weil sie Nachtschicht hatte, war ich an der Reihe. Ich hatte jedoch inzwischen gelernt, rasch davonzulaufen. Ich trug immer Turnschuhe, rannte schnell. Er war betrunken und schaffte es fast nie, mich zu erwischen. In all den Monaten hat er mich nur ein paarmal gekriegt. Ich lag da unter seinen Füßen, und die Tritte trafen mich nicht. Das heißt, sie trafen schon, aber es war, als träfen sie nicht, weil ich nicht da war, ich hatte den Automaten eingeschaltet.

Dann war ich tagsüber, wenn ich durch die Straßen lief, noch verwirrter, beim Essen, beim Schlafen, beim Sprechen war ich wie nicht vorhanden. Es gab mich nur nachts, es gab mich nur als eine Sache, an der man nervöse Spannung loswerden konnte.

Das Gesetz der Elektrizität kennen Sie, nicht wahr? Wenn man einen Gegenstand auflädt und immer weiter auflädt, gibt es schließlich einen Knall, wenn die Spannung zu groß wird, explodiert er.

So geht es weiter bis Anfang Juni. Da, in den ersten Junitagen, geschieht etwas, Mama wird krank. Ich weiß nicht, was sie hatte, sogar der Arzt ist gekommen und hat nichts zu sagen gewußt. Jedenfalls liegt sie da im Bett mit geschlossenen Augen wie eine Tote. Wenn wir allein zu Haus sind, stelle ich mich an die Tür und schaue sie an. Sie sieht mich nicht. Zumindest glaube ich das, bis sie mir eines Morgens mit der Hand ein Zeichen macht, näher zu kommen. Ich folge und gehe auf Zehenspitzen zu ihrem Bett, stehe daneben, ohne zu wissen, was ich sagen soll. Sie schweigt ebenfalls, öffnet jedoch ein wenig die Augen. Mit ihrer Hand tastet sie nach meiner, findet sie schließlich und drückt sie ganz fest. Ich merke, daß ihre Hand kalt ist, eiskalt. Kälter als meine.

Das Brüderchen? Nein, das war nicht da. Bei den ersten Anzeichen der Krankheit haben sie es aufs Land geschickt, zu der Tante, bei der ich auch gewesen war.

Nun gut, um es kurz zu machen, obwohl sie krank war, hörte er nicht auf, betrunken heimzukommen. Im Gegenteil, die Tatsache, daß sie im Bett lag, schien ihn noch mehr aufzubringen. Daher verstecke ich mich fast jede Nacht. Er sucht mich, sucht Mama. Er läuft schreiend hin und her, schlägt alles kurz und klein und so weiter, und so weiter. Man gewöhnt sich an alles, nicht? Auch daran. Nach einer Weile kommt es einem normal vor, man achtet nicht mehr darauf.

Eines Nachts kommt er dann noch wütender als sonst heim. An dem Tag war es Mama sehr schlecht gegangen. Ich höre ihn schon unten auf der Straße schreien. Er poltert die Treppe herauf und geht an meinem Schrank vorbei direkt in Mamas Zimmer. Ich lausche, und nach einer Weile öffne ich, nachdem ich nichts hören kann, die Tür meines Verstecks. Erst da dringen die Schreie und Schläge klar bis zu mir. Ich höre auch Mamas Stimme, es ist, als wimmerte sie, als weine sie oder müsse gleich weinen.

Gelegentlich liest man so etwas in der Zeitung, nicht

wahr? Ein schwacher oder ängstlicher Mensch entwickelt unter außergewöhnlichen Umständen übermenschliche Kräfte, er ist dann zu allem fähig, verhält sich, als wäre er nicht er selbst, sondern ein unbesiegbares Wesen.

So ist es mir in jener Nacht ergangen. Ohne etwas zu verstehen, habe ich die Schranktür aufgestoßen, bin herausgeklettert und wie ein Löwe den Gang entlanggeschlichen, bin mit angespannten Muskeln und vollgepumpten Lungen in ihr Zimmer gestürzt. Sie lag am Boden, er stand mit einem Messer in der Hand über ihr. Das weiß ich noch, wie ich mich nähere und meine Mutter schreit »nein!«. Seine erstaunten Augen und dann das ganze Blut, das mich überströmt. An den genauen Ablauf der Bewegungen dagegen erinnere ich mich nicht, ich meine, auf welche Weise das Messer von seiner in meine Hand übergegangen ist, von meiner Hand zu seinem Bauch. Das Messer noch umklammernd, habe ich einen Sprung rückwärts gemacht, bin davongerast, noch bevor mir bewußt wurde, was geschehen war.

Auf der Straße habe ich mir am ersten Brunnen die Hände gewaschen, habe sie lange unter dem Wasser gerieben. Das geronnene Blut ging sofort ab, aber der Geruch nicht, der blieb in mir. Auf geheimen Wegen war er, wie der des Fisches, von den Fingern zu einem bestimmten Punkt zwischen den Nasenflügeln und dem Gehirn hinaufgestiegen.

Eine ganze Woche lang irrte ich durch die Stadt. Ich war vor allem nachts unterwegs, las keine Zeitung, wußte nicht, ob er tot war oder nicht. Nicht ich war es, der herumlief, sondern der Automat, das wilde Tier mit den aufgeplatzten Eingeweiden.

In diesen Tagen habe ich viermal zugeschlagen.

Die Leichen der ersten drei haben sie beinahe sofort gefunden, die vierte suchen sie immer noch. Auf alle habe ich vor der Schule gewartet. Es waren fast noch kleine Kinder. Jedesmal ging ich vor eine andere Schule. Ich habe sie deswegen ausgewählt, weil sie von niemandem abgeholt wurden. Ich näherte mich unauffällig, lächelnd, sagte ihnen, ich sei ein entfernter Verwandter, und sie folgten mir fröhlich. Ich wollte, daß sie für immer froh sind.

Über die ersten drei wissen Sie, glaube ich, Bescheid. Sie haben es in den Berichten gelesen, oder? Erdrosselung, Sodomie und so weiter. Die Leiche des vierten können Sie holen lassen, wenn Sie wollen. Sie muß noch dort verscharrt liegen, beim Eisenbahnverladeplatz.

Er war der jüngste, höchstens sieben oder acht Jahre alt, ein stilles, intelligentes Gesicht. Nur bei ihm habe ich, als er mir schließlich leblos in den Armen lag, diesen Wunsch verspürt. Daraufhin habe ich ihm, ohne darüber nachzudenken, mit dem Messer die Brust aufgeschlitzt, sie war zart, ließ sich in zwei Teile schneiden, als wäre sie aus Butter.

Links vom Brustbein war das Herz, es zuckte noch.

Anstatt mich darauf zu stürzen, habe ich es ganz vorsichtig herausgenommen, wie eine Kostbarkeit. Als ich den letzten Bissen gegessen hatte, überkam mich innerlich eine große Ruhe, ein Friede. Seit vielen Jahren empfand ich zum ersten Mal Wärme.

Wenige Stunden später bin ich festgenommen worden. Sowie ich das Auto sah, habe ich alles verstanden, sie mußten mich nicht verfolgen, ich habe mit den Händen in der Tasche auf sie gewartet.

Als ich schon hier drin eingesperrt war, habe ich erfahren, daß der Mann meiner Mutter nicht tödlich getroffen war, ich hatte ihn nur gestreift.

Sie glauben, wenn ich es früher erfahren hätte, dann hätte ich die anderen nicht umgebracht? Wer kann das sagen? Sie?

Sicher wäre ich mit wenig davongekommen. Ob ich es bereue? Gewissensbisse habe? Das hat keine Bedeutung, es war etwas, das ich in mir hatte. Übrigens ist es immer wieder die Geschichte von den beiden Autos. Stoßen sie zusammen? Stoßen sie nicht zusammen?

Es hängt davon ab, um welche Zeit sie losfahren.

Unter dem Schnee

Helsinki, 28. Februar 1969

Lieber,

ich bin in Finnland auf einem der vielen Kongresse. Er hat drei Tage gedauert, und gestern abend gab es ein Abschiedsessen für die Teilnehmer. Ich hatte überhaupt keine Lust hinzugehen, habe ein Unwohlsein vorgeschützt und mich in mein Zimmer zurückgezogen. Vom Kongreßsaal ins Hotel bin ich zu Fuß gegangen. Obwohl schon fast März ist, liegt noch hoher Schnee. Unterwegs bin ich mehrmals vor den Holzhäusern stehengeblieben. Es war dunkel, und auf den Fensterbrettern standen viele brennende Kerzen. Ein Kollege aus diesem Land hat mir erklärt, es handle sich um eine weitverbreitete Sitte. So habe man im Winter den Eindruck, es sei länger Tag. Dabei mißfällt mir die frühe Dunkelheit keineswegs. Die erleuchteten Fenster verbreiten nämlich eine sehr heimelige Stimmung in den Straßen. Aller Wahrscheinlichkeit nach handelt es sich ja um einen falschen Eindruck. Wer weiß, wieviele kleine Höllen sich dahinter verbergen! Jedenfalls kam ich mir bei meinem Spaziergang durch die leeren, stillen, weißverschneiten Straßen wie Goldlöckchen vor, das kleine Mädchen, das sich heimlich ins Haus der drei Bären einschleicht. Ich wäre gern hineingegangen, hätte eine Tasse heiße Milch getrunken, mich unter eine Steppdecke gelegt und geschlafen, ohne an irgend etwas zu denken.

Jeder hat ja Träume, die er gern träumen möchte. Mit offenen Augen wünscht man sie heftig herbei, aber wenn man die Augen geschlossen hat, kommen sie nie. Ich träume immer davon, folgendes zu träumen. Ich irre lange durch einen Schneesturm, dann sehe ich ein Licht, das Licht eines Hauses. Ich erreiche es, trete ein. Es ist keiner da, und die Atmosphäre ist sehr einladend. Da ziehe ich mir die Kleider aus, schlüpfe in ein Flanellnachthemd und verschwinde in einem riesigen Holzbett unter einer Steppdecke mit roten Herzchen. Ich liege dort und schlafe nicht. Die Hände an die Decke geklammert, höre ich zu, wie der Schnee fällt. Ich lausche den Flocken, die sich eine um die andere aufs Dach legen. Ich frage mich nichts, erwarte nichts: ich atme. Bin glücklich so und fertig. Einen Augenblick lang habe ich die Empfindung, nicht nur die Welt zu verstehen, sondern auch in ihr aufgehoben zu sein. Ein stilles, regungsloses Ding unter stillen, regungslosen Dingen.

Auch gestern nacht habe ich, als ich zwischen den kalten, anonymen Laken des Hotels die Augen schloß, den Wunsch nach diesem Traum verspürt.

Ich habe mit aller Kraft daran gedacht und war fast sicher, daß er kommen würde.

Statt dessen habe ich einen anderen Traum gehabt. Ich war ganz, ganz klein geworden und befand mich als Gefangene in dem Puppenhaus, das ich als Kind besaß. Es war ein zweistöckiges Haus aus dünnem Holz, mit Türen und Fenstern und vielen winzigen Einrichtungsgegenständen. Am Eßtisch saß eine meiner Puppen. Als ich aus dem Fenster blickte, sah ich mein Zimmer – ein Schuh hier, einer dort, die Bücher aufgeschlagen auf dem Schreibtisch. Alles schien jedoch schon länger verlassen, öd und leer. Ich versuche zu sprechen, aber kein Laut kommt heraus. Plötzlich fühle ich eine große Kälte, die in mir hochsteigt. Also gehe ich zu dem Bettchen und lege mich hinein. Ich weiß nicht, wie lange ich da liege, aber ich weiß, daß ich, während ich mich in dieser Stellung befinde, zuerst leise und dann lauter eine Stimme höre, die Stimme eines kleinen Jungen.

Obwohl ich die Worte nicht unterscheiden kann, verstehe ich, daß er nicht spricht, sondern singt. Er singt ein Kinderlied. Ab und zu hält er inne und lacht vergnügt. Dann will ich aufstehen, einen Arm, ein Bein bewegen, und da merke ich, daß ich es nicht kann, weil ich von Kopf bis Fuß von einer Eisplatte bedeckt bin. Ich versuche zu schreien, aber das Eis erstickt den Schrei. Statt dessen gellt er durchs Zimmer, und ich erwache durch meinen eigenen Schrei.

Jetzt sitze ich noch im Morgenrock hier an dem kleinen Schreibtisch beim Fenster. Ein junger Mann hat mir das Frühstück gebracht. Nach dem Essen fühlte ich mich besser. Ich schaute auf die Uhr, es waren noch genau vier Stunden bis zur Verabredung am Terminal. So habe ich, fast ohne zu wissen, was meine Hände taten, nach dem Hotelbriefpapier gegriffen und das getan, wozu ich nie den Mut aufgebracht hatte. Ich habe Dir einen Brief geschrieben.

Rom, 1. März 1969

Seit zwei Stunden bin ich wieder daheim. Ich habe den Koffer ausgepackt, die schmutzigen Sachen in die Wäsche getan. Ich habe mir einen Tee gekocht und ihn im Wohnzimmer vor dem abgestellten Fernseher getrunken. Ich hätte nie anfangen dürfen, diesen Brief zu schreiben. Es war ein Augenblick der Verwirrung, der Schwäche. Ich bin eine starke Frau. Zumindest kennen mich alle so. Nie habe ich mir nachgegeben, nie. Aber nun habe ich mir nachgegeben und spüre, daß ich nicht mehr zurück kann. Es ist, als hätte ich einen Wasserhahn aufgedreht: Das Wasser läuft, und ich kann es nicht mehr abstellen. Der Vergleich ist banal, aber es gelingt mir nicht, einen anderen zu finden, der ebensogut paßt. Originalität war noch nie meine Stärke.

Auf dem Rückflug saß ich neben dem Direktor der Agentur. Um ihm anzukündigen, daß ich mich aus dem Beruf zurückziehe, habe ich gewartet, bis der Start vorbei war. Er dachte, ich mache Witze. Lachend hat er zu mir gesagt: »Diese Tagung über Meteoropathologie ist dir wohl zu Kopf gestiegen.« Ich habe gelächelt, habe geantwortet, mein Kopf sitze kühl und klar auf meinen Schultern. Ich wisse genau, was ich tue, ich hätte lange darüber nachgedacht. Er war erschrocken über meine Bestimmtheit. Hat gesagt: »Du fühlst dich doch nicht zu alt? Du weißt doch, obwohl viele neue Mädchen da sind, bist du immer noch die Beste in der ganzen Agentur. Alle mögen dich, schätzen dich.«

Ich versuchte, ihm meine praktischen Gründe darzulegen. Ich habe zu ihm gesagt: »Jetzt, wo meine Mutter tot ist, brauche ich nicht mehr zu arbeiten. Sie hat mir ein Vermögen hinterlassen, das es mir gestattet, noch weitere hundert Jahre zu leben, ohne etwas zu tun.« Dann habe ich ihm auch erklärt, ich sei müde und mir sei nicht mehr danach, in der Welt herumzureisen, um zu übersetzen, was die Leute sagen.

Daraufhin hat er geantwortet, daß er mich verstehe. Es sei keine Seltenheit, daß Frauen in meinem Alter ein wenig mit den Nerven herunter seien, aber mit etwas Ruhe, einer Vergnügungsreise ließe sich das rasch beheben. »Warum fährst du nicht nach Mexiko«, hat er abschließend vorgeschlagen, »es soll wunderbar sein!«

Ich habe gelächelt, leicht seine Hand berührt. Zwanzig Jahre gemeinsamer Arbeit sind ein bißchen wie eine Ehe. »Alberto«, habe ich zu ihm gesagt, »von jetzt an gibt es nur einen einzigen Ort, wo ich sein will, und das ist bei mir zu Hause.«

Er war eine Weile still, mit dem Gesicht eines Kindes, das nachdenkt. Dann hat er mir plötzlich tief in die Augen gesehen und leise gesagt: »Handelt es sich um Liebe?«

In dem Augenblick flog das Flugzeug gerade in eine riesige Wolke.

Ich habe an den Brief gedacht und geantwortet: »Ja, irgendwie schon.«

Ich schaue mich in meiner ordentlichen, vollkommenen Wohnung um: sie ist genau so, wie alle es von mir erwarten. Geschmackvolle Möbel, einige alte Familienstücke, eine moderne Küche. Auf dem Tisch im Wohnzimmer immer frische Blumen, hübsch arrangiert. Wenn ich von den langen, arbeitsbedingten Reisen heimkam, empfand ich diesen Ort als meine Zuflucht. Ich hatte meine kleinen Gesten, die kleinen Gewohnheiten eines Menschen, der allein lebt.

Bis voriges Jahr wohnte meine Mutter ein Stockwerk

über mir. Gewöhnlich war ich es, die hinaufging. Ich besuchte sie nach dem Abendessen. Ich sah nach, ob alles in Ordnung war, und ging dann wieder in meine Wohnung hinunter. Diese Besuche, diese Nähe waren nicht etwa ein Trost, sondern eine Belastung. Liebe. Vielleicht fehlte genau das. Sie hatte für mich gesorgt, als ich klein war, und ich habe mich, als sie alt war, um sie gekümmert. Doch in all den Jahren hat es nie eine einzige Geste gegeben, die mich auf die Idee gebracht hätte, es handle sich um etwas anderes als eine Verpflichtung. Ich hätte mich dagegen auflehnen können, gewiß. Doch das hätte ich viel früher tun müssen, gleich zu Beginn. Welchen Sinn hätte es gehabt, als sie alt war? Was hätte sich dadurch an meinem Leben geändert? Sie hatte über mein ganzes Leben entschieden. Ich hatte nichts anderes tun können, als ihr zu folgen. Ein Blindenhund, so habe ich mich immer gefühlt, ein fügsames, stilles Tier, auf das sich alle verlassen konnten. Hätte ich das Vertrauen aller enttäuschen können? Nein, ich konnte es nicht. Die Feigheit, weißt Du, ist etwas, wofür man im Alter büßt. Da beginnt man dann an all die Dinge zu denken, die man hätte tun können und nicht getan hat. Man beginnt, sein sicheres, ruhiges Leben als eine ununterbrochene Reihe von Leere und Verlusten zu sehen. Es hätte so viel sein können, und statt dessen war einfach nichts. Ein farbloses Fließen der Zeit und fertig. Jetzt weiß ich es, die Liebe verlangt Kraft. Man muß mutig sein, um zu lieben. Doch als ich klein war, hat mir das niemand gesagt. Ich habe meine Eltern nie durch etwas anderes verbunden gesehen als durch einen Vertrag. Die Liebe war das, was in den Märchen vorkommt. Ein Zaubertrank, den das arme Hirtenmädchen trinkt, der Kuß, der die Prinzessin weckt.

Oft beobachte ich auf der Straße die Mädchen, die jungen Frauen. Sie sind sehr verschieden von denen zu meiner Zeit, als ich zwanzig war. Ich empfinde ihnen gegenüber ein Gefühl von Neid. Damals wurden die Mädchen aus gutem Hause dazu erzogen, gute Ehefrauen zu werden, sie lasen erbauliche Geschichten und glaubten, die seien wahr. In den letzten Monaten von Mamas Krankheit, während sie mit geschlossenen Augen dalag und ihr Kopf ganz verloren wirkte auf dem riesigen Kissen, habe ich mich häufig dabei ertappt, sie zu hassen. Das sind Dinge, die man nicht sagen dürfte, aber es ist wie mit den Wasserhähnen, wenn man sie erst aufdreht, kommt einfach alles heraus. Ich verabscheute ihre starrsinnige Überheblichkeit, und daß sie mir das Leben geschenkt hatte, um es sich dann Tag für Tag, Tropfen für Tropfen zurückzuholen. Wie kann man nur eine arme alte Frau hassen, die im Sterben liegt? Du wirst glauben, ich sei ein Ungeheuer. Vielleicht stimmt es.

Es kommt nicht mir zu, das zu sagen. Du wirst darüber urteilen, wenn Du die ganze Geschichte erfahren hast. Ich kann Dir nur dies sagen, an dem Tag, an dem sie gestorben ist, habe ich zum ersten Mal den Eindruck gehabt, daß wirklich Luft in meine Lungen strömte. Ich atmete. Es mußte sich etwas ändern, das war meine fixe Idee. Ich wollte diesen Kreis durchbrechen, in den ich mich seit jeher hineingezwungen fühlte. Viele Monate sind vergangen, bevor ich mich dazu durchringen konnte. An dem Morgen, als ich das Haus verließ, um einen Privatdetektiv in seinem Büro aufzusuchen, war mir, als ginge ich anders, mit längeren Schritten, hoch erhobenem Kopf. Ich dachte, dies ist meine erste mutige Tat. Doch kaum kam ich aus jener Tür wieder heraus, dachte ich das Gegenteil. »Emanuela«, habe ich mir gesagt, »das ist nichts anderes als eine der letzten Feigheiten deines Lebens.«

Ich habe mich aber ziemlich bald wieder beruhigt. Im Grunde hatte ich ihm nur Dein Geburtsdatum und den ungefähren Namen einer Hebamme genannt. Daß es ihm gelingen sollte, Dich zu finden, war fast unmöglich. Sicher würde er mich nach drei Monaten anrufen und sagen, er sei untröstlich, es gebe keine Spuren. Ich würde antworten, er solle sich keine Gedanken mehr machen, würde das Honorar bezahlen und ohne jede Aufregung zu meinem gewohnten Leben zurückkehren.

Aber dann kam es doch anders.

Ich hatte ihn auf banalste Weise kennengelernt. Ich kam aus der Schule. Auf der gegenüberliegenden Seite sah ich meine Straßenbahn kommen. Um sie nicht zu verpassen, fing ich zu rennen an. Dabei bin ich gestolpert, die Bücher lösten sich aus dem Riemen und kullerten über den Asphalt. Bevor ich feststellen konnte, ob ich mir wehgetan hatte oder nicht, sah ich seine ausgestreckte Hand. Er hat mich am Arm gefaßt und mich vom Boden hochgezogen. Als ich wieder auf den Füßen stand, hat er mich gefragt: »Alles in Ordnung?« und hat einen langen Blick von unten nach oben über meinen Körper gleiten lassen. Ich habe ihn nur flüchtig angeschaut, er war jung, trug die Uniform der alliierten Truppen. Ich habe gesagt: »Nichts passiert, danke« und mich gebückt, um die Bücher aufzulesen. Er war schneller, hat sie eingesammelt, mit dem Riemen zusammengebunden und mir gegeben. Ich habe mich bedankt und gesagt: »Jetzt muß ich gehen, es ist schon spät.« Er bestand darauf, mich zu begleiten. Ich protestierte: »Nein danke, das ist nicht nötig, ich kann allein gehen.«

Er hat mich trotzdem begleitet. Unterwegs hat er mir ein bißchen von sich erzählt. Er war Stabsarzt, befand sich seit über einem Jahr in Italien, aber ihm war, als sei er schon immer dagewesen. Seine Großeltern waren Italiener, aus der Gegend von Lecce, kannte ich die? Vielleicht fühlte er sich deshalb fast wie zu Hause, hatte die Sprache schneller gelernt als alle anderen. Von mir erzählte ich ihm nichts, ich wußte, daß sich das nicht gehörte. Ein paar Blocks vor unserem Haus sagte ich zu ihm, ich sei angekommen. »Wo wohnen Sie?« fragte er. Ich machte eine unbestimmte Geste mit der Hand und antwortete: »Dort drüben.«

Er tat so, als glaube er mir, blieb stehen. »Also auf Wiedersehen«, sagte er. Ich verabschiedete mich ebenfalls und ging weiter. Erst an der Ecke drehte ich mich noch einmal um. Er hatte sich nicht von der Stelle gerührt. Sowie sich unsere Augen begegneten, lächelte er mir zu. Er hatte vollkommene, weiße Zähne. Er war groß, stark, mit einem gütigen Blick wie Gary Cooper.

Als ich ihn am nächsten Tag vor der Schule stehen sah, versuchte ich nicht, ihm auszuweichen. Ich ging ihm lächelnd entgegen, als hätte ich schon gewußt, daß er dort stehen würde. In der Hand hielt er eine Blume. Kaum war ich neben ihm, küßte er mich auf die Stirn. Ich begann, ihm von mir zu erzählen. Ich sprach voller Eifer, und während ich sprach, bekam ich rote Backen. Ich begann, an ihn zu denken, auch wenn ich allein war. Ich dachte an ihn und lächelte. Vor dem Einschlafen umarmte ich das Kissen, als wäre es er. Ich hatte mehrere Jungmädchenromane gelesen. Ich wußte, daß dies die Liebe war. Sie hatte mich getroffen, als ich es am wenigsten erwartete. In den Romanen stand, genau so geschehe es. Ich dachte schon an die Zukunft. Ich sah ein Häuschen mit einem Rasen davor und Apfeltorten, die auf den Fensterbrettern abkühlten. Er hatte ein riesiges Auto, ähnlich einem Lieferwagen. Abends kehrte er müde aus dem Krankenhaus zurück, und ich kochte das Abendessen. Er erzählte mir von den Fällen, die er behandelte, und ich hörte zu. Ich war stolz auf ihn, auf seine menschliche Großmut. Nach drei Jahren hatten wir schon zwei Kinder. Sie waren rothaarig und sommersprossig. Es würden noch mehr werden, so viele eben kamen. Wir liebten uns wie am ersten Tag. Wir waren glücklich, und es konnte gar nicht anders sein.

Nach einem Monat lud er mich ein, am Sonntagnachmittag mit ihm auszugehen. Für meine Eltern erfand ich eine Geschichte von Mathematiknachhilfestunden bei einer Freundin. Die Freundin wußte natürlich Bescheid. Sie war einverstanden.

Er ging mit mir ins Kino. Das Herz klopfte mir bis zum Hals, und es gelang mir nicht, der Handlung des Films zu folgen. Kurz nach Beginn der zweiten Hälfte zog er mich sanft an sich und küßte mich. Ich war erstaunt über die Zunge, ich wußte nicht, daß sie auch dazu diente. Vom Augenblick dieses Kusses an begann sich die Zeit für mich zu beschleunigen. Am liebsten wäre ich sofort von der Schule abgegangen. Hätte meinen Eltern alles gesagt und wäre unverzüglich nach Amerika gefahren. Mit ihm sprach ich allerdings nie über diese Pläne. Ich weiß nicht, warum, ich hatte Angst. Er war dreißig, ich sechzehn. Manchmal konnte ich nachts nicht einschlafen. Ich dachte, daß er schon eine Familie habe und es vor mir verheimlichte. Eines Tages sah ich eine Postkarte mit einer Briefmarke der Vereinigten Staaten aus seiner Jackentasche hervorstehen. Es gelang mir nicht, zu lesen, was darauf stand, aber die Schrift war die einer Frau. Trotzdem fragte ich auch da nichts. Wenn er mich umarmte, mir in die Augen schaute und dabei süße Worte flüsterte, war jeder Verdacht wie fortgeblasen. Ja, er war genauso in mich verliebt wie ich in ihn.

Mehrere Monate lang bemerkten meine Eltern nichts. Erst als meine schulischen Leistungen nachzulassen begannen, fingen sie an, mißtrauisch zu werden.

Ich hütete mein Geheimnis jedoch. Ich wollte ihnen erst kurz vor der Abreise nach Amerika alles offenbaren, wenn der Hochzeitstermin feststand. Ich war fast sicher, daß sie Einspruch erheben würden, aber ich war ebenso sicher, daß sich jeder Widerstand auflösen würde, sowie sie ihn kennenlernten.

Ich war naiv, findest Du nicht? Vielleicht auch ein bißchen lächerlich. Ich habe gezögert, Dir diesen Teil der Geschichte zu erzählen. Dann habe ich beschlossen, daß es besser ist, Dir alles zu sagen. Auch wenn ich eine armselige Figur abgebe, sollst Du wissen, daß Du ein Kind der Liebe bist. Oder wenigstens dessen, was ich dafür hielt.

Nach sechs Monaten war es passiert. Ich wartete auf die Periode, und die Periode kam nicht. Ich wartete noch einen Monat ab, bevor ich es ihm sagte. Ich fürchtete, es handele sich nur um eine Verspätung. An einem Sonntagnachmittag, während wir durch die leeren Straßen spazierengingen, sagte ich es ihm dann. Ich hatte mir den Augenblick viele Male vorgestellt. Ich war sicher, daß er lachen würde, mich hochheben und durch die Luft schwenken würde. Statt dessen blieb er, kaum daß ich das letzte Wort ausgesprochen hatte – das letzte Wort war Kind –, wie angewurzelt stehen. Er sah mich schweigend an, dann kratzte er sich am Kinn. »Ach ja?« sagte er. Ich antwortete, daß ich fast sicher sei, doch da war mir schon ziemlich zum Heulen. Den Test übernahm er. Er las das Ergebnis ab und sagte es mir. Es stimmte, ich war schwanger. An den folgenden Tagen ließ er sich nicht mehr blicken, verschwand für über eine Woche. Schließlich ging ich zu seiner Unterkunft. Stundenlang wartete ich an ein Geländer gelehnt auf ihn. Als er mich sah, zuckte er zusammen, wirkte verärgert. Ich fing an, hemmungslos zu weinen. Er legte mir den Arm um die Schultern. Sagte: »Komm, sei doch nicht so, nicht hier.«

Wir gingen in ein Café, er bestellte mir einen Kamillentee. Und während ich über den Tee blies, sagte er mir, daß er in die Heimat zurückbeordert sei. Ich solle mir jedoch keine Sorgen machen. So bald wie möglich werde er die Papiere für die Hochzeit beantragen und mir eine Fahrkarte schikken, damit ich nachkommen könnte, nach Oregon. Ich hörte ihm zu und konnte es kaum glauben. Mir war, als sei ich in einen Film hineingeraten, ohne es zu merken. Mit schwacher Stimme bat ich ihn, sich meinen Eltern vorzustellen, ihnen alles zu erklären. Er nickte, sagte, wenn er Zeit hätte, würde er in den nächsten Tagen auf einen Sprung vorbeikommen. Dann erhob er sich. Der Stuhl machte ein lautes Geräusch. Er sagte: »Jetzt muß ich aber wirklich gehen.« Ich hielt ihn am Ärmel fest, fragte ihn nach seiner Adresse. Er kritzelte rasch etwas auf den Rand eines Umschlags und gab es mir. Bevor er ging, streifte er meine Stirn mit einem Kuß.

Ich sehe ihn noch heute vor mir. Ich sehe seine Hose und seine khakifarbene Jacke, seine Beine, die sich mit federndem Schritt auf dem Gehsteig entfernten.

Ich weiß nicht, wann genau er abfuhr. Ich wartete zwölf Tage, und er ließ sich nicht blicken. Von einer Telefonzelle aus rief ich beim Kommando an. Man sagte mir, er sei mit dem letzten Kontingent abgereist. Ich legte auf, ohne weiter nachzufragen.

Und doch war ich noch nicht verzweifelt. Ich hatte Vertrauen. Ich dachte, daß alles, was er mir gesagt hatte, wahr sei. So waren die Heldinnen aus den Romanen, weißt Du, sie stellten die positive Kraft über alles, sie boten den Mißgeschicken in der Gewißheit die Stirn, daß sich zum Schluß alles zum Besten wenden würde. Erst einen Monat vorher hatte ich mit ihm zusammen *Vom Winde verweht* gesehen.

Und so sagte ich mir an jenem Abend vor dem Einschlafen das gleiche wie Scarlett O'Hara. Schließlich ist morgen auch noch ein Tag. Anstatt in die Schule zu gehen, setzte ich mich am nächsten Vormittag in ein Café und schrieb ihm einen Brief: Mit den poetischsten Sätzen, die ich kannte, erzählte ich ihm, wie ich mir unser zukünftiges Leben vorstellte. Auf die Dringlichkeit des Augenblicks spielte ich nicht einmal an. Innerlich machte ich mir vor, es sei schon alles gelöst.

Über einen Monat wartete ich auf die Antwort. Eines Morgens kam sie. Aber es war kein Brief von ihm, sondern meiner mit einem Stempel darauf. *Adresse unbekannt.*

Da und erst da zerrann mir alles unter den Fingern. Alles, nur Du nicht. Du fuhrst fort, in mir zu wachsen, und es war nicht mehr möglich, es zu verbergen.

Ich dachte an Flucht. Ich dachte, meine Eltern würden mich wegen der Schande davonjagen. Ich sah mich von Tür zu Tür irren wie das kleine Mädchen mit den Schwefelhölzchen und um etwas zu essen bitten. Ich malte mir die schlimmsten Dinge aus und wollte sie hoch erhobenen Hauptes auf mich nehmen. Es geschah nichts von alledem, was ich vorhergesehen hatte. Sie nahmen die Nachricht mit bedrücktem Schweigen auf. Wir saßen bei Tisch. Dann sagte mein Vater: »Steh auf und geh in dein Zimmer.« Sowie ich allein war, warf ich mich am Fußende des Bettes auf die Knie. Ich betete, dankte Gott für die Güte meiner Eltern.

Jetzt weiß ich, daß dies das Allerschlimmste war, aber damals fühlte ich mich vom Glück begünstigt. Es war wie eine Gnade, die mir von oben erteilt wurde.

Am nächsten Tag rief mich meine Mutter ins Wohnzimmer. Sie sagte, als erstes solle ich unter dem Vorwand eines Nervenzusammenbruchs von der Schule abgehen. Dann würde ich zusammen mit ihr in unser Landhaus fahren und dort, fern von indiskreten Blicken, die Geburt abwarten. Ich konnte meine Rührung nicht verbergen. Ich küßte meine Mutter, sagte »danke Mama«. Sie seufzte, blickte auf meinen mehr als offensichtlichen Bauch und sagte: »Wenn du nicht so lange damit gewartet hättest, es uns zu sagen, hätten wir alles auf bessere Weise gelöst.« Da war ich glücklich, daß ich es nicht früher gesagt hatte. Denn auch in den verzweifeltsten Augenblicken war mir nie in den Sinn gekommen abzutreiben. Gleich am Anfang hatte ich mir ein Buch über Schwangerschaft besorgt. Ich wußte Tag für Tag, was mit Dir passierte. Die Ansätze der Arme und Beine hatten sich gebildet, der Kopf war schon groß; aus den Stümpfen waren die Händchen und Füßchen zum Vorschein gekommen, die kleinen Finger und Zehen waren vollkommen, die Nägel würden erst später wachsen. Wie hätte ich es zulassen können, daß man Dich absaugt, Dich dort auf einem Tisch in eine Schüssel klatscht? Nicht einmal der Groll, den ich auf Deinen Vater zu hegen begann, hätte mich zu einer solchen Handlung gebracht. Ich erinnerte mich an den Augenblick, in dem wir Dich gezeugt hatten. In jenem Moment gab es die Liebe. Daß sie nur den Bruchteil einer Sekunde gedauert hat, ist nicht weiter wichtig. Du warst die Ausdehnung jener Sekunde. Einer Sekunde, die ein ganzes Leben dauerte. Ich würde Dich lieben, ich würde sogar die Ähnlichkeit lieben können, die Du mit deinem Vater haben würdest. Allein wegen jener zärtlichen Erinnerung.

So, mit diesen Gedanken, ging ich dem Aufenthalt auf dem Land entgegen.

In jenen Monaten sah ich außer meiner Mutter keinen Menschen. Wir waren beide ruhig. Ich machte lange Spaziergänge im Garten. Ich betrachtete die Blumen, die Bienen, die sich darauf setzten. Ich fühlte, daß auch ich ein Teil der Natur war, und indem ich das fühlte, empfand ich innerlich eine große Kraft. Wenn wir allein waren, sprach ich oft mit Dir. In unseren Gesprächen nannte ich Dich Richard. Ich war sicher, daß Du ein Junge warst. Ich hatte Dir den Namen ausgesucht wegen meiner Leidenschaft für die Ritter der Tafelrunde. Richard Löwenherz.

Am Ende des siebten Monats begann ich heimlich einen Strampelanzug für Dich zu häkeln. Meiner Mutter sagte ich nichts davon, die Wolle war blau. Um ihn fertigzubekommen, brauchte ich mehr als vierzig Tage. Ich hatte keine Übung im Handarbeiten. Als ich die letzte Naht zugenäht hatte, zeigte ich ihn triumphierend meiner Mutter. Sie betrachtete ihn still, mit herabhängenden Mundwinkeln. In ihr Schweigen hinein rief ich: »Jetzt, wo ich es gelernt habe, häkele ich mindestens noch zehn weitere!«

Da machte sie den Mund auf und sagte: »Das wäre vergeudete Zeit, weil du das Kind nicht einmal sehen darfst.«

Ich verstand nicht sofort, sondern erst, als sie von Minderjährigkeit und notwendigen Papieren sprach. Mit einer gesetzlichen Urkunde sollte ich auf mein Kind verzichten, noch bevor ich es zur Welt brachte.

Ob ich mich auflehnte? Auf meine Weise schon, wie ich es eben konnte. Ich brach in Schluchzen aus, und meine Mutter tröstete mich. Unter Tränen sagte ich, daß ich arbeiten gehen würde, wenn sie die Belastung nicht wollten, daß ich, wenn sie die Schande nicht wollten, zusammen mit meinem Kind für immer verschwinden würde. Sie versuchte, mich zur Raison zu bringen: keiner von ihnen sei böse, was sie täten, täten sie zu meinem Besten. Es habe sich um einen Unfall gehandelt, und wie ein Unfall müsse es behandelt werden. Sie könnten nicht erlauben, daß ich mir wegen eines Augenblicks der Gewissenlosigkeit mein ganzes Leben ruinierte. Ich sei jung, hübsch, gescheit, aus gutem Hause. Wie hätte ich in meiner Lage, mit Kind, einen Mann finden können? Ich müssse an die Zukunft denken, nicht an das, was unglückseligerweise schon geschehen war. Dem Kind werde es in einer richtigen Familie bessergehen, und mir alleine. Ich protestierte weiter. Ich protestierte, bis sie sagte, es sei zwecklos, ich ruinierte mir nur die Nerven, weiter nichts. Ich sei minderjährig, und dank des Gesetzes entschieden sie für mich. Es gebe nichts hinzuzufügen. Eines Tages, wenn ich groß wäre, würde ich es verstehen.

Bis zu Deiner Geburt fehlte noch knapp ein Monat. Ich verbrachte ihn in absolutem Schweigen. Ich betete, wandte mich an die Madonna. »Mutter aller Menschen«, sagte ich, »beschütze du mich in deiner unendlichen Güte.« Ich hoffte auf ein Wunder: daß er zurückkehrte.

Statt des Wunders kamen die Wehen. Du kündigtest dich auf normale Weise an und hattest die richtige Größe. Dennoch habe er, sagte der Arzt, noch selten eine so schwere und langwierige Geburt gesehen. Ich hatte keine Angst vor dem Schmerz, ich hatte Angst, daß du gehst. Anstatt zu pressen, hielt ich dich fest. Ich zog jeden Muskel zusammen, den man zusammenziehen konnte. Ich wußte, daß es für beide gefährlich war, ich wollte die Gefahr. Gemeinsam gestorben, im selben Augenblick. Aber die Natur ist stark, sie plant das Leben auf vollkommene Weise. Du kamst auf die Welt. Du warst gesund, ein Junge. Die Hebamme wickelte Dich sofort in ein Tuch, verschwand mit Dir auf dem Arm im Nebenzimmer. Ich konnte Dich nur einen Augenblick lang erahnen, sah Deinen Kopf, Du hattest rote Haare.

Auf jenen Morgen folgte ein Jahr der Stumpfheit. Ich kehrte in die Stadt zurück, doch es gelang mir nicht, mich für irgend etwas zu interessieren, ich sprach nicht, schaute hierhin und dorthin, ohne etwas zu sehen. Nach zwei Monaten wurde ich mit Einverständnis des Hausarztes in eine Schweizer Klinik geschickt. Von der Zeit dort weiß ich nur noch wenig. Eine Farbe, das Weiß, kein Gesicht, kein helles Geräusch. Ich verbrachte meine Zeit schlafend oder in stummer Zwiesprache mit Dir. Ich sagte: »Komm, zeig Deiner Mama noch einmal Dein hübsches Lächeln«, und dergleichen mehr, was Mütter eben so zu ihren Kindern sagen. Ich kitzelte Dich am Bauch, ich küßte Deine rundlichen Füßchen. Stundenlang stand ich am Zimmerfenster und hielt Dich im Arm. Draußen lag Schnee. Kleine Vögel mit aufgeplustertem Gefieder hüpften auf der Suche nach Körnern über die Wiese, und ich zeigte sie Dir mit dem Finger. Dann taute es. Im Garten unten begann man Flecken dunkler Erde durchschimmern zu sehen, die ersten Schneeglöckchen. Da geschah auch in mir etwas.

Ich weiß nicht genau, was. Aus einem unbekannten Grund beschloß ich, nicht mehr zurückzublicken. Das einzige Gefühl, das mich beseelte, war das eines aufkeimenden guten Willens. Die Ärzte waren zufrieden. Vor Ostern kehrte ich nach Mailand zurück, nahm Privatunterricht und legte extern die Prüfungen ab.

Wenn Du je erfahren hast, daß Du nicht Sohn der Eltern bist, die Dich aufgezogen haben, wirst Du Dir die Vergangenheit Deiner echten Mutter vielleicht abenteuerlicher, oder gar am Rande der Legalität, vorgestellt haben. Es wird Dich enttäuschen zu hören, daß Deine Mutter zu der banalen Menge gehört, eine von den Frauen mit stets korrektem Kostüm und geradem Rücken ist, denen Du auf der Straße oder im Bus begegnest.

In diesen Tagen machen die Studenten in den Städten viele Protestaktionen. Sie laufen in Gruppen durch die Straßen und rufen: Tod der bürgerlichen Gesellschaft! Vielleicht bist Du unter ihnen, vielleicht hast auch Du, wenn Du mich in blauem Mantel mit Handtasche vorbeikommen sahst, einen verachtungsvollen Blick auf mich geworfen.

Doch die Seele des Menschen, siehst Du, ist komplexer als die Art, wie er sich kleidet, wie er auftritt.

Ich würde mir, wenn ich könnte, wenn ich nicht fürchtete, lächerlich zu erscheinen, die Kleider vom Leib reißen, auf die Barrikaden steigen und mit euch schreien. Was zusammenschweißt und trennt ist der Schmerz, die erduldete Gewalt, nicht der Parka oder der Mantel. Die Banalität, das Wie-es-sich-Gehört hat mich gezwungen, ein Schattendasein zu führen. Davon muß man sich befreien, von der Scheinheiligkeit, von den Hemmungen. Und deshalb graut mir vor der Gewalttätigkeit dieser Jungen. Sie kommen mir blind vor, bereit, eine Lüge durch eine andere zu ersetzen.

Wer weiß, wieviel wir in diesen Tagen gestritten hätten, wenn Du bei mir gewesen wärst! Allerdings hätte das auch sein Gutes gehabt. Wir wären dadurch beide ein wenig gewachsen.

Von Dir besitze ich nur den blauen Strampelanzug, den ich auf dem Land für Dich gehäkelt habe. Ich habe ihn in einer Schublade im Schrank verwahrt. Wenn ich nachts nicht einschlafen kann – und das geschieht häufig –, stehe ich auf und streichle ihn. Es ist eigenartig, obwohl Du ihn nie angehabt hast, ist der Geruch eines Neugeborenen daran haften geblieben. Geruch nach Milch, Pipi und Talkumpuder.

An diesem Punkt, stelle ich mir vor, wird es Dir reichen. Du wirst denken: Warum ödet mich diese Alte so an? Oder Du wirst Dich fragen, wie es kommt, daß ich so viele Dinge verstanden und nichts daraus gemacht habe. Das habe ich mich auch schon oft gefragt. Mehr denn eine klare Antwort ist mir ein Bild dazu eingefallen: Ich weiß nicht, ob Dir das je passiert ist, doch zuweilen, wenn man im Frühling über die Wiesen geht, findet man dünne, glanzlose Hüllen: die leeren Häute der Schlangen. Der ganze Körper ist da, die Maße stimmen genau, die Augenhöhlen, nur das lebendige Tier ist nicht mehr drin, das Herz, die Lunge, die Giftzähne. Das ist alles weg. Und genau so habe ich mich vom Tag Deiner Geburt an gefühlt: nichts mehr drin. Äußerlich war ich das gleiche hübsche, freundliche Mädchen wie immer, aber in meinem Inneren hatten sich die Eingeweide aufgelöst, zusammen mit der ganzen Kraft der Gefühle. Ich kam mir vor wie ein Automat. Ich war einer. Ich bin einer. Nur in irgendeinem Winkel, den ich nie richtig ausmachen konnte, hat sich die Fähigkeit zu beobachten unversehrt erhalten. Ich habe das Leben der anderen gesehen wie ein Regisseur, der sich im Zuschauerraum die Probeaufnahmen anschaut. Ich habe gesehen, geurteilt, habe mir meine Meinung über die Welt gebildet. Vielleicht habe ich, da ich nicht verwikkelt war, die Dinge eher und klarer begreifen können als die anderen. Alles in allem bin ich jetzt, so wie ich lebe und wie ich denke, weise. Und das ist eines der Dinge, die ich Dir sagen will. Hüte Dich vor der Weisheit! Das Leben ist alles außer weise! Das Leben ist dauernde Bewegung, Unbeständigkeit. Um sich darin wohl zu fühlen, muß man anpassungsfähig sein, offen, an nichts gebunden. Solange man bei guter Gesundheit ist, ist die Weisheit nichts anderes als ein totes Gleis, auf dem du hin und her fährst. Du kennst die Landschaft auswendig. Du weißt, wie die Strecke beginnt und wie sie endet, und dieses Wissen wiegt dich in der Illusion, gelassen und stark zu sein. Doch wenn du das Gleis wechselst, in eine andere Landschaft fährst? Da ist der Haken.

Mein Körper, habe ich Dir gesagt, sei in all den Jahren nur eine leere Schale, eine Hülse gewesen. Das ist wahr, zum Teil aber auch nicht.

Jedes Jahr nämlich, in Übereinstimmung mit dem Monat, in dem ich dich empfangen habe, begann mein Bauch allmählich anzuschwellen, als ob etwas drinnen wäre. Nach einem Monat kam die Übelkeit, die Schläfrigkeit. Nach neun ein entsetzlicher Schmerz, der gleiche Schmerz wie damals bei Deiner Geburt. Dann wurde alles wieder normal. Die ersten Male bin ich natürlich zu einem Arzt gegangen. Es ist lächerlich, aber mir war der Verdacht gekommen, mir sei etwas Ähnliches zugestoßen wie der Madonna, ich hätte durch höhere Vermittlung ein Kind empfangen. Es konnte in einem Augenblick der Betäubung geschehen sein, in ein oder zwei Stunden, an die ich mich nicht erinnerte. Aber es waren nur hysterische Schwangerschaften. Ich gewöhnte mich auch daran. Im Büro bemerkten die Kolleginnen: »Es ist doch nicht möglich, du ißt fast nichts und nimmst trotzdem zu!« Sie rieten mir, zum Doktor zu gehen, einen Hormonspiegel machen zu lassen. Auf der Straße machte manchmal jemand im Vorbeigehen eine Bemerkung, dann beschleunigte ich den Schritt und sah niemandem mehr in die Augen. Jahr für Jahr vollzog ein noch lebendiger Teil von mir, wenn die Zeit gekommen war, diesen Ritus, fünfundzwanzig Jahre lang. Dann haben die Hitzewellen angefangen, die plötzlichen, heftigen Weinkrämpfe. Das Klimakterium hat eingesetzt. An dem Punkt habe ich gedacht: endlich ist alles abgeschlossen.

In der Zwischenzeit war meine Mutter nach einer langen Krankheit gestorben. Papa war schon gegangen, noch bevor ich mit dem Studium fertig war. Ich dachte, daß nun ein neues Kapitel beginnen würde, ein bescheidenes, trauriges Kapitel, aber zum ersten Mal meins. Ich habe mich für einen Ikebanakurs eingeschrieben. Sonntagnachmittags trank ich Tee mit den Kolleginnen.

Doch im Frühling hat der Bauch, wie jedes Jahr, begonnen anzuschwellen. Ich fühlte mich nicht schläfrig, aber der Bauch schwoll an wie all die anderen Male. Da habe ich verstanden, was es war. Es war eine Strafe, der Preis für die Feigheit, den ich bis ans Ende meiner Tage zahlen würde.

Erst als der Bauch zum festgesetzten Termin seinen Umfang nicht veränderte, fing ich an, mir Sorgen zu machen. Im Monat davor hatte ich jenen Privatdetektiv aufgesucht. Vom Verstand her kann ich nicht erklären, warum ich es getan habe. Vielleicht eine Vorahnung. Vielleicht der Wille, mit dem Vorhandensein eines Gesichts meiner ewigen Strafe ein Ende zu setzen. Ich wollte kein Lebenszeichen geben, keine nicht vorhandenen Rechte einklagen und Dein Gleichgewicht durcheinanderbringen.

Ich wollte nur wissen, wie Du aufgewachsen warst, wem Du ähnlich sahst, wo Du lebtest.

Als ich dann zwei Monate nach dem Geburtsdatum einen beinahe unerträglichen Schmerz in mir spürte, wandte ich mich an einen Arzt. Ironie des Schicksals, am selben Tag erhielt ich Antwort von dem Detektiv. Es gab dich. Dein Vater war Ingenieur, Deine Mutter Französischlehrerin. Du studiertest Medizin, wohntest zwei Straßen weiter.

Eine Woche später teilte mir auch der Arzt die Ergebnisse mit. »Es tut mir leid«, sagte er, »aber da drinnen ist ein Tumor, der fast so groß ist wie ein Kind.«

Die ganzen Monate hatte mich nie der Verdacht gestreift, daß es so etwas sein könnte. Und doch, als der Arzt es mir eröffnete, war ich keineswegs erstaunt. Über zwanzig Jahre lang hatte ich mir gewünscht, daß etwas in meinem Bauch wüchse, und schließlich war mein Wunsch erhört worden. Mit einem kleinen Unterschied. Statt Leben in mir zu tragen, brütete ich den Tod aus.

»Wenn Sie eher gekommen wären...«, hatte der Arzt mit untröstlichem Blick gesagt. Ich hatte mit den Schultern gezuckt, als wollte ich sagen: Da kann man nichts machen. Dann jedoch – das gehörte zu seinem Beruf – gab er mir eine winzige Hoffnung. Ich sollte mich sofort operieren lassen, um zu verhindern, daß sich die wahnsinnigen Zellen im ganzen Körper ausbreiteten. Er schrieb mir die

Untersuchungen auf. Ich sagte ja, es sei mir recht. In Wirklichkeit war es mir ganz egal.

Bei der Ankündigung ihres bevorstehenden Todes werden viele wie verrückt. Sie weinen, verzweifeln, geben ihr ganzes Geld für Vergnügungen aus. Andere werden plötzlich religiös, finden die letzte Kraft im Glauben. Mir geschah nichts von alledem. Sogar der Arzt wunderte sich darüber. Die Nachricht versetzte mich in eine Art Euphorie.

Auf dem Heimweg ging ich in einer Gärtnerei vorbei. Ich verbrachte den ganzen Nachmittag versunken in eine Komposition. Es war das erste Mal, daß ich nicht eine der im Kurs gelernten nachahmte. Ich ordnete die trockenen Stümpfe, die Moose, die Flechten an und legte über alles einen kahlen Heckenrosenzweig. Die leuchtend roten Hagebutten ließ ich nicht daran, sondern verteilte sie halb versteckt zwischen dem Moos und der Erde.

Ich war so in das Studium der Formen und Farben vertieft, daß ich sogar das Abendessen vergaß. Zum Schluß betrachtete ich mein Werk zufrieden von allen Seiten. Ja, es handelte sich wirklich um ein vollkommenes Ikebana. Vollkommen nicht wegen der Beachtung der Regeln, sondern weil es endlich ausdrückte, was ich in mir hatte.

Ich taufte es *Unter dem Schnee.*

In den folgenden Tagen ließ ich die notwendigen Untersuchungen machen. Dann fuhr ich, als wenn nichts sei, zu dem Kongreß nach Helsinki. Dort im Norden, wer weiß, warum – war es der Schnee? war es die Stille? –, habe ich angefangen, Dir diesen Brief zu schreiben. Ob ich es bereue? Nein, es tut mir gut und fertig. Morgen gehe ich ins Krankenhaus zur Operation.

Nach der Rückkehr aus Finnland – warum sage ich Dir das erst jetzt? – habe ich nicht widerstehen können und bin rübergegangen, um Dich zu sehen. Unter einem Vorwand habe ich die Hausmeisterin gefragt, welches Dein Fenster sei. Indem ich ab und zu auf die Uhr sah, als wäre ich wegen einer Verabredung gekommen, spazierte ich den ganzen Nachmittag dort herum. Erst gegen fünf habe ich kurz einen Schatten hinter dem Vorhang gesehen.

Rom, 18. Juni 1969

Da bin ich wieder, mein Lieber. Immer noch lebendig und noch mit Dir in mir. Das Kind aus wahnsinnigen Zellen hat sich im ganzen Körper ausgebreitet, es hat zuerst die Leber und dann das Gehirn kolonisiert. In der Agentur haben sie von meiner Krankheit erfahren. Alberto besuchte mich im Krankenhaus. Es gelang ihm nicht, die Verwunderung aus seinen Augen zu tilgen. Er sagte: »Ich kann es nicht glauben, es ging dir so gut...« Natürlich wußte er nichts von der Geschichte mit Dir. Außer meiner Mutter und meinem Vater wußte es niemand.

Wenn Du mich jetzt sehen könntest, würdest Du nicht glauben, daß ich Deine Mutter bin, sondern eine verrückte Alte. Das mußt Du auch neulich gedacht haben, als Du mich beim Verlassen des Hauses auf der Bank gegenüber hast sitzen sehen. Unsere Augen sind sich, wie aus Versehen, begegnet, und Du hast sofort, naserümpfend, den Blick abgewandt. Du hast schon recht, denn ich habe fast keine Haare mehr auf dem Kopf, und die Haut liegt wie eine gelbe, abgegriffene Hülle auf den Schädelknochen. Am liebsten hätte ich mich auf Dich gestürzt, Dich umarmt, das Leben in Deinem Körper gespürt. Statt dessen habe ich zu Boden geschaut, indem ich so tat, als suchte ich etwas, und mit dem Fuß im Staub gescharrt.

Ich sehe niemanden mehr, und niemand von meinen wenigen Bekannten sucht Kontakt zu mir. Ein so offensichtlicher Tod im Körper macht allen angst. Die neuerliche Einweisung ins Krankenhaus habe ich abgelehnt. Ich hasse diese ganzen Komplikationen mit Apparaten und ständigen Operationen. Warum noch Tage herausschinden für ein Leben, das kaum noch besteht? Einmal, als Heranwachsende, als ich Poesie noch verstand, habe ich die Verse eines ungarischen Dichters gelesen. Ich weiß nicht mehr, wie es anfing, aber ich erinnere mich, daß es so endete:

»Ich lebte vergeblich
auch der Tod wird nutzlos sein.«

Das habe ich in diesen Tagen stets im Kopf.

Um Dich sehen zu können, ohne bemerkt zu werden, habe ich begonnen, Plastiktüten mit mir herumzutragen. Ich stehe dort unten und füttere die Katzen. Ich habe mir für jede einen Namen ausgedacht. Wenn sie alle gleichzeitig kommen, nenne ich sie meine Kinder. Ich spüre den befremdeten Blick meiner Hausmeisterin. Es ist klar, daß sie denkt, die Signorina M. ist übergeschnappt. Ich sehe, wie die Leute auf der Straße auf meinen Kopf blicken, aber anstatt mich darüber aufzuregen, freut es mich. Mit einem einzigen Hauch hat der Tod die ganze Weisheit weggeblasen! Bald werde ich nicht mehr da sein. Was soll mich der Rest noch kümmern? Wäre ich weise, würde ich Dir jetzt die letzten Worte sagen, die großen, wunderbaren, die ein Leben umreißen. Aber mir ist nur zum Lachen. Ob das die Wirkung der verrückten Zellen auf mein Gehirn ist? Wer weiß.

Heute nacht habe ich einen Traum gehabt. *Den* Traum. Stundenlang ging ich in einem Schneesturm. Bei jedem Schritt sanken die Beine bis zu den Knien ein. Ich kam immer schwieriger voran, war immer erschöpfter. Als ich weit hinten das Licht sah, spürte ich schon, wie die ruhige Gefühllosigkeit des Erfrierens in mir hochkroch. Ich habe die Zähne zusammengebissen, mich weitergezwungen. Ich bin fast mit meinem ganzen Gewicht gegen die Tür gefallen, sie war nicht verschlossen, sondern nur angelehnt und ging auf. Drinnen brannte der Kamin, auf dem Tisch stand Wein und eine Suppe. Ich habe gegessen und getrunken. Danach bin ich ins obere Stockwerk gegangen, das Bett war gemacht, auf dem Kopfkissen lag ein weißes Flanellnachthemd. Nachdem ich es angezogen hatte, verschwand ich unter der Daunendecke. Neben mir stand eine brennende Kerze, draußen wütete der Sturm. Mit offenen Augen begann ich die Schneeflocken zu zählen, die sich aufs Dach legten, und alle, die auf dem Fensterbrett zu Matsch wurden. Dann konnte ich auch die Flocken sehen, die sich auf den Wald ringsum legten, auf die Wipfel und Äste der Bäume, auf die Erde. Plötzlich befand ich mich unter der weißen Schicht. Ich durchbrach die Eiskruste, kam noch tiefer hinunter, dorthin, wo die Eicheln, die Samen, die Säfte darauf warten, im Frühling wieder zu erwachen. Ich sah die Schlangen aufeinander zusammengeringelt schlafen und Frösche, die mit gespreizten Beinen dalagen, als wären sie tot. Was ich war, weiß ich nicht, vielleicht ein Wurm oder ein Blick oder eine Ameise. Ich bewegte mich mit Leichtigkeit dort unten. Ich lag im Bett und lag auch nicht im Bett, ich war dort und überall. Ich atmete. Auf einmal verlöschte die Kerze, und ich bin eingeschlafen. Ich habe geschlafen und geträumt, ich schliefe. Erst da begriff ich.

Als ich heute morgen aufgestanden bin, hatte ich sehr wenig Kraft. Mit Mühe habe ich den Schrank geöffnet, den blauen Strampelanzug herausgeholt, gebügelt und zuerst in ein geblümtes Papier und dann in Packpapier gewickelt. Ich habe in meiner Handtasche nachgesehen, ob ich noch zwei Busfahrscheine hatte. Ich wählte ein weit entferntes Postamt, erfand einen Namen und eine Adresse für den Absender.

Die Angestellte am Schalter fragte mich, ob ein Brief darin sei, und ich habe gesagt: »Nein, kein Brief.« Da hat sie es auf die Paketwaage geknallt. Als sie sah, wie ich dabei zusammenzuckte, hat sie mich beunruhigt gefragt: »Ist es zerbrechlich?«

Mit schwacher Stimme habe ich geantwortet: »Sehr zerbrechlich.«

Solostimme

Gestern sind die Leute vom Fernsehen gekommen. Ich wartete schon seit zwei Uhr auf sie, gekommen sind sie kurz vor vier. Insgesamt waren sie zu sechst. Sie haben sofort angefangen, nach den Steckdosen zu suchen. Während sie die Kamera vor meinem Sessel aufbauten, habe ich der Interviewerin gleich gesagt, es sei das erste Mal, daß ich im Fernsehen spreche. Ob sie denn wirklich sicher seien, daß ich sprechen solle? Ob sie wirklich mich wollten? Sie hat mich beruhigt, hat gesagt, Sie müssen reden, als ob die Kamera gar nicht da wäre. Die Männer hantierten indessen weiter herum, und jedesmal, wenn sie einen Sessel oder ein Buch verschoben, zuckte ich zusammen. Nicht wegen der Dinge als solcher, sondern wegen des Schmutzes, der darunter war. Du weißt ja, wie ich lebe, kennst den ganzen Staub hier überall, wie hätte ich ihnen erklären sollen, daß ich wenig Kraft habe und niemanden, der kommt, um mir beim Putzen zu helfen? Du bist jung und lachst wahrscheinlich über so dummes Zeug, nicht wahr? Dennoch war ich in großer Verlegenheit. Daran ist die Erziehung von damals schuld. Was will man machen. Ich habe sie deshalb gebeten, als sie dann die Scheinwerfer angeschaltet haben, nur mein Gesicht aufzunehmen und nichts von dem, was im Zimmer war, weder die Bücher noch die Statuen meines Mannes. Ich habe noch gefragt: »Werde ich sofort gesendet?« Sie haben zu lachen angefangen. Nein, es wird alles in drei Monaten zu sehen sein, vielleicht in vier. Wenn mir etwas nicht gefällt, kann ich es sagen, und sie schneiden es dann heraus. Kannst du dich umhören, ob das stimmt? Sie haben es zwar gesagt, aber ich glaube nicht so recht daran ...

Eine halbe Stunde später waren sie bereit zum Interview. Einer der Männer hat mit einem Schild geklappert, hat gerufen: »Die Überlebenden, die erste«, und die Kamera ist abgefahren. Die Journalistin saß mir gegenüber. Ohne ihr Lächeln zu verändern, hat sie meinen Vornamen und meinen Nachnamen gesagt, dann hat sie sich mit einem größeren Lächeln an mich gewandt: »Wollen Sie uns Ihre Geschichte erzählen?« Zu Beginn zitterte meine Stimme ein wenig, dann ist sie allmählich beinahe normal geworden.

Ich habe von meiner Kindheit gesprochen, vom Leben in meiner Stadt zur Zeit des großen Krieges. Ich habe von meinem Vater gesprochen, von meiner Mutter, von ihrer Herkunft. Ich habe erzählt, wie ich meinen Mann kennengelernt habe und wie die Verfolgungen angefangen haben. Ich habe sehr gut gesprochen, weißt du, ohne jede Aufregung, ich hätte nie geglaubt, daß ich das könnte. Ich sprach nicht so, als wäre es meine Geschichte, sondern als wäre es die Geschichte von jemand Fremdem. Ich merkte gar nicht, wie die Zeit verging, die Interviewerin nickte und lächelte weiter, sie schien zufrieden zu sein. Ich habe noch von der Geburt meiner Tochter gesprochen, von unserer schwierigen Beziehung ... Ausgerechnet als ich von ihrem Tod sprach, hat die Journalistin mich zum ersten Mal unterbrochen.

»Wann war das?« hat sie mich gefragt.

Daraufhin habe ich innerlich die Sommer gezählt, die

vergangen waren, ich zählte sie, und kaum hatte ich sie gezählt, vergaß ich sie, ich fing noch mal an, sie in aller Ruhe zu zählen, aber im selben Augenblick, in dem ich sie gut im Kopf hatte, waren sie mir, bevor sie vom Gehirn bis zur Zunge kamen, schon wieder entfallen. Ich weiß nicht, wieviel Zeit so verging, die Interviewerin schien sich keine Sorgen zu machen, aber ich schon, ich machte mir welche und wurde von Minute zu Minute unruhiger.

Diese Unterbrechung war an allem schuld. Ich war nicht darauf gefaßt, weißt du, und habe den Faden verloren. Da sieht man, wie es im Alter geht. Ich suchte nach Dingen, die ich sagen könnte, um an das Vorherige anzuknüpfen, und hatte nichts als Leere im Kopf. Die Kamera lief immer weiter, man hörte ihr Surren im Zimmer, nur das. Nach einer Weile ergriff die Interviewerin wieder das Wort, um mir zu helfen.

Sie sagte: »Auch Ihre Mutter ist auf tragische Weise umgekommen, nicht wahr? Wollen Sie uns erzählen, wie es passiert ist?«

Sie hat mich überrumpelt, ich hatte in dem Augenblick nicht meine Mutter im Sinn, sondern völlig andere Dinge. Statt meiner Mutter habe ich den Teekessel in der Küche vor mir gesehen, mit dem verkalkten Boden, ich habe den Gedanken an den Teekessel verscheucht, habe gesagt: »Sie ist gestorben ...« – da ist meine Geranie aufgetaucht, die ganz gelb und vertrocknet am Fenster steht, weil ich sie seit über drei Jahren nicht umgetopft habe. Ich habe auch sie beiseite geschoben, da fing alles an zu verschwimmen. Weißt du, etwa so, wie wenn man als Kind spielt und sich mit geschlossenen Augen um sich selbst dreht, man dreht sich und dreht sich immer schneller, und dann bleibt man stehen, macht die Augen wieder auf, und alles dreht sich noch, man weiß nicht mehr, wo man ist, wie der Däumeling im Wald, so ähnlich, etwas Derartiges ist mir passiert, ich tappte im dunkeln und wußte nicht mehr, wo ich war.

Da hat die Journalistin ihre Frage wiederholt. Natürlich wußte sie schon Bescheid, sie hat sie nur für die Zuschauer gestellt, die die Geschichte nicht kannten: »Ihre Mutter befand sich im Krankenhaus, als sie verschwunden ist, nicht wahr?«

Da ist der Stöpsel aufgegangen, es ist alles in mir hochgestiegen, in den Mund, in die Augen. Ich habe geschrien: »Ich weiß nicht!« und habe zu weinen begonnen. Ich sah das Gesicht meiner Mutter zwischen den Laken vor mir, ihren mageren Körper, ich sah es nicht so wie jetzt, wo ich es erzähle, sondern wie wenn ich dort wäre in jenem Augenblick, in jenem Augenblick, in dem es passiert war. Ich hatte nicht geweint, auch in all den darauffolgenden Jahren hatte ich nie geweint, ich versuchte, mich nicht daran zu erinnern, und nun, fast siebzig Jahre später, stand es vor mir, da war sie, im Bett, und dann das zerwühlte leere Bett und ein geschlossener Lastwagen der Deutschen, der vor meinen Augen davonfuhr. Schon ächzte ich innerlich wie ein altes Schiff. Ich kenne das, so überfällt einen die Rührung im Alter. Wer weiß, warum man im Lauf der Jahre immer mehr weint, man fängt an und kann nicht mehr aufhören, man weint stundenlang weiter und ist durch nichts zu trösten. Das Herz ist schwächer, anfälliger, die Augenlider weichen auf. Erst am Abend hält man inne, wenn man einschläft. Das ist mir gestern passiert. Ich schäme mich jetzt noch, während ich es dir erzähle, und werde rot.

Die Journalistin saß regungslos da, aufrecht, mit dem Notizblock in der Hand, und das Geräusch der laufenden Kamera war immer noch im Zimmer. Ich dachte, sie hätten sie abgestellt, aber nein, sie waren alle starr, wie hypnotisiert von einer Schlange. Indessen weinte und schluchzte ich immer heftiger, ich weinte um meine Mutter, ich weinte, weil es mir nicht gelang, nicht zu weinen, ich weinte, weil ich weinte und dabei gefilmt wurde. Während ich immer weiter weinte, habe ich mit dem Zeigefinger abgewunken, meine Beine sind krank, du weißt es, ich konnte nicht aufstehen und in ein anderes Zimmer gehen, ich habe ihnen ein Zeichen gemacht, daß sie aufhören sollen, aber es hat nichts genützt, so habe ich mein Gesicht in den Händen verborgen, habe sie wie eine Muschel darübergelegt, die Tränen liefen darunter hervor, ich spürte die Wärme auf der Brust, den nassen Pullover, ich habe gedacht, jetzt sage ich basta, ich habe alle Kräfte zusammengenommen, um es zu tun, die ganze Aufmerksamkeit auf einen Punkt konzentriert, auf die Zunge, habe den Mund aufgemacht und so laut ich konnte geschrien: »Im Kühlschrank ist keine Butter mehr!«

Erst da kam Bewegung in sie, und sie haben die Kamera abgestellt.

Als sie fort waren, weinte ich immer noch, ich habe die ganze Nacht geweint. Glaubst du, daß es eine Möglichkeit gibt, die Sache aufzuhalten? Du kennst so viele Leute dort, kannst du dich mal umhören? Ich finde keinen Frieden, ich kann nicht mehr schlafen. Auch daran ist das Alter schuld, eine Idee setzt sich fest und geht dir nicht mehr aus dem Sinn. Alles ist herausgekommen. Wie mit diesem Ding in den Flugzeugen, dem schwarzen Kasten. Man fliegt lange Zeit, und alles geht gut, der Kasten sagt, wir haben Meer und Gebirge überflogen, einen Sturm überwunden, alles bestens, alles ausgezeichnet; dann fällt das Flugzeug herunter, man findet den Kasten, öffnet ihn und stellt fest, daß schon seit einer Weile zwei oder drei Schrauben locker waren, daß zu den Schrauben ein Zittern des Flügels hinzugekommen ist, zuerst hat der Flügel gezittert und dann das ganze Düsentriebwerk, und das Flugzeug ist explodiert mit allen seinen Geheimnissen, die dort drinnen aufgeschrieben waren, in dem schwarzen Herzen.

Warum ich so rede? Ich verstehe nichts von Flugzeugen, von ihren Kästen, ich habe nur einiges in der Zeitung gelesen. »Du redest, weil du eine Zunge hast«, sagte mein Vater zu mir. Und damit hatte er recht. Aber weißt du, seit ich niemanden mehr um mich habe, ist es mir zur Gewohnheit geworden, Selbstgespräche zu führen. Stunden um Stunden verbringe ich damit, es ist eine Art Geräuschkulisse, so wie ein Radio, ohne bestimmte Reihenfolge stelle ich mir Fragen und beantworte sie mir. Sieh nur meine Geranie. Was soll ich tun, damit sie wieder Farbe bekommt? Ganz gelb steht sie da, jeden Morgen stehe ich auf und denke, jetzt reiße ich sie aus und werfe sie weg. Dann mache ich es doch nicht, und abends steht sie immer noch da, abgestorbener denn je.

Jedesmal, wenn du mich besuchen kommst, wundere ich mich. Warum? sage ich mir. Es wird doch kein Mitleid sein, oder? Aber was sollte es sonst sein? Ich bin ja nur eine arme alte Frau, die jeden Tag dümmer wird. Zwecklos, daß du nein sagst. Ich merke es doch selbst. Ich gehe in ein Zimmer, um etwas zu holen, und wenn ich dort bin, weiß ich nicht mehr, warum ich hingegangen bin. Ich sehe mich ein wenig um, und dann gehe ich wieder zurück. Weißt du, was ich kürzlich gemacht habe? Ich habe das Wasser abgegossen, ohne die Nudeln hineingetan zu haben ... Das passiert dir auch manchmal? Kann sein, aber in der Jugend ist es anders, man vergißt es, weil man andere Sachen im Kopf hat. Ich habe daran genau gemerkt, daß ich alt werde, zuerst sind die Erinnerungen alle da, schön in einer Reihe, die guten Erinnerungen und die schlechten, die kleinen und die großen. Du weißt, wen du am Tag zuvor getroffen hast und was an Silvester vor sechs Jahren passiert ist, alles ist ordentlich aufgereiht wie die Perlen einer Kette auf der Schnur. Dann plötzlich wird dir klar, daß es nicht so ist, etwas gibt nach. Als ob das Gedächtnis der Fußboden eines Hauses wäre, eines Holzhauses, nach und nach werden einige Balken morsch, dem Anschein nach sehen sie genauso aus wie alle anderen, obwohl sie inzwischen brüchig sind, also fühlst du dich sicher und gehst weiter, doch dann auf einmal verschwindet etwas, verflüchtigt sich in einem Stockwerk, wo du es nicht mehr erreichen kannst, die Bohle gibt nach, und alle Dinge rundherum werden mit hinabgezogen. Je mehr Jahre vergehen, desto mehr nehmen die Abgründe zu, ein einziger Strudel, du bewegst dich mit immer größerer Vorsicht zwischen diesen Schlünden, und durch einen winzigen Fehler kann auch das wenige, was du noch bewahrst, fortgerissen werden.

Dann ist es Nacht, nicht wahr? Es ist Nacht, aber du lebst

noch, das ist das Entsetzliche, das, was einen wütend macht. Daß das Herz und der Bauch weiterfunktionieren, sie können noch jahrelang weiterfunktionieren, obwohl du gar nicht mehr richtig da bist.

Die Menschen rundherum pflegen dich, geben dir die besten Sachen zu essen. Wenn du dich beschmutzt, säubern sie dich wie ein Kind, sie reden auch mit dir wie mit einem Kind; sie tun alles für dein Herz, deinen Bauch, geben vor, es sei für sie wichtiger als alles andere, daß diese Organe funktionsfähig bleiben. Manchmal denke ich, das einzige Glück in meinem Leben ist, daß ich im Alter alleine auf der Welt bin, keiner wird sich die Mühe machen, meine Eingeweide funktionsfähig zu halten. Erinnerst du dich an Frau G.? Hast du sie mal kennengelernt? Denk nur, seit drei Monaten müssen ihre Kinder sie in der Wohnung einschließen. Jeden Morgen steht sie auf, geht in die Küche, fragt: »Wo ist mein Pausenbrot?« Dann verabschiedet sie sich von allen, sagt: »Ciao, ciao, ich gehe in die Schule ...« Verstehst du? Da finden dich doch lieber die Feuerwehrleute, auf dem Boden liegend. Weißt du, manchmal, wenn ich hier den ganzen Nachmittag allein im Sessel sitze, sehe ich das Licht allmählich schwächer werden, Halbdunkel hüllt das Zimmer ein, und dann wird es Nacht, und ich sitze hier, unter dieser Lampe, ich lese etwas, lese ein wenig in meinen Lieblingsgedichten, dann lege ich sie weg, weil es mich ermüdet, und hänge mit geschlossenen Augen meinen Gedanken nach, sage mir, ja doch, die Seele gibt es.

Doch dann ruft mich Frau G. an und sagt: »Ich bin so froh, heute habe ich eine Zwei in Rechnen gekriegt, kommst du zu mir zum Hausaufgabenmachen?« Und dann frage ich mich, wo die Seele von Frau G. ist, wenn es sie denn gibt. Ist sie schon hinaufgeflogen und wartet, daß der Körper nachkommt? Oder gibt es sie gar nicht, ist sie nie dagewesen, ist alles Herz, Darm, Zunge? Wenn sie anfängt, wo fängt sie an? Wenn sie aufhört, wo hört sie auf? Wo überlebt sie? Gibt es einen Aufbewahrungsort? Wandert sie von einem Körper zum anderen wie ein Hund auf der Suche nach einem Herrn? Das sind Dinge, die man sich nicht fragen sollte, nicht wahr? Man müßte glauben, nicht grübeln. Dennoch habe ich immer dieses Laster gehabt, ich kann es mir nicht abgewöhnen. Ich bin scheinheilig, ich müßte sagen: die Seele gibt es nicht, und das ist gut so; statt dessen sage ich, ich hätte gern, daß es sie gäbe, vielleicht gibt es sie, aber es gelingt mir nicht, sie zu sehen, ich verstehe nicht, wie sie von einer Seite zur anderen hinüberkommt. Löst sie sich los? Wird sie abgemacht und wieder angeklebt? Besteht sie aus Kügelchen und rollt?

Als ich klein war, weißt du, gab mein Vater sehr viel auf den Sabbat, er wollte, daß man ihn einhielt. So hörten wir vom Sonnenuntergang am Freitag bis zum Sonnenuntergang am Samstag mit jeder Arbeit auf. Mir gefiel das sehr, es war ein wenig wie jenes Spiel, ich weiß nicht, ob man das noch kennt, *Rühr dich nicht,* man geht und geht, und auf ein Kommando hin bleiben alle regungslos stehen. Am Samstagmorgen unternahmen wir gewöhnlich einen Spaziergang durch die Stadt, er und ich. Indem er mich fest an der Hand hielt, sagte er dabei zu mir: »Sieh nur, es ist alles doppelt. Und weißt du, warum? Weil du heute, nur heute, mit zweierlei Augen siehst, mit deinen und mit denen der Seele.« Es war eine Art Magie, eine Verzauberung. Als Kind liebt man solche Dinge, schön wär's, wenn man auch als Erwachsener noch daran glauben könnte. Jedenfalls war es damals nicht nur eine Vorstellung, es war wirklich so. Am Sabbat hörte ich Geräusche, Geraschel, Geflüster, die ich sonntags oder mittwochs nie hörte. Ich sah alles doppelt, auf der einen Seite war der Körper, der stillhielt, auf der anderen Seite etwas anderes, das sich fortbewegte, rasch wie ein Fisch zwischen den Gegenständen dahinglitt, wie ein wendiger, blitzschneller Aal. Es ist seltsam, nicht wahr, aber an jenen Tagen war mir, als wäre ich leichter, als hätte ich kein Gewicht. Du hast dieses Gefühl auch gespürt, als du in Israel warst? Dann kannst du mich ja verstehen, kannst verstehen, was ich sage. Ab und zu stelle ich mir vor, ein großer Politiker zu sein, ein Staatsoberhaupt oder so etwas. Weißt du, was ich täte, wenn ich es wäre? Ich würde gar keine großartigen Gesetze machen, keine Revolutionen, nein, ich würde nur einen Tag der obligatorischen Ruhe für alle einführen, keinen freien Tag, den gibt es ja schon, sondern einen wirklichen Tag der Ruhe. Ich bin sicher, daß es nach einer Weile allen besserginge. Am Sabbat, weißt du, beruhigte sich sogar meine Mutter. Sie setzte sich in einen Sessel neben dem Grammophon und blieb die ganze Zeit dort sitzen. Sie bewegte langsam die Hände oder sang mit leiser Stimme Kinderlieder. Soweit ich mich erinnere, ist es niemals vorgekommen, daß sie am Sabbat einen heftigen Anfall hatte. An den anderen Tagen schon. Am schlimmsten war es in den Übergangszeiten, zwischen Winter und Frühjahr, zwischen Sommer und Herbst. Ihre fixe Idee war, sie habe Viren im Gehirn, die säßen darin, brächten es zum Knirschen und zernagten es ganz allmählich. Die einzige Rettung kam von den Bienen, nur sie hätten mit ihren langen Stacheln Virus um Virus herausziehen können, hätten sie angesaugt, wie Bohrer hätten sie durch alles durchgestochen, die Haare, die darunterliegende Kopfhaut, die Schädeldecke, es wäre eine wilde, erbarmungslose Jagd gewesen, aber zum Schluß hätten die guten Insekten gesiegt, und sie wäre für immer gerettet gewesen. Und so erinnere ich mich auch an sie, am Fenster, mit aufgelösten Haaren stand sie dort und rief laut nach den Bienenschwärmen. Nein, sie war nicht von Geburt an verrückt, natürlich nicht, sonst hätte mein Vater sie nie geheiratet. Im Gegenteil, wollte man den Großeltern glauben, war sie als Mädchen so sanft und gefügig wie wenige andere. Es hat alles angefangen, weil ich geboren wurde, es ist meine Schuld. Zwei Stunden nach der Geburt – man hat es mir erzählt, als ich groß war – hat sie begonnen, sich schmutzig zu fühlen, wollte sich waschen und waschen, und wenn sie mich sah, schrie sie: »Tragt diese Mißgeburt weg!«

Die Ärzte haben dann gesagt, daß es auf jeden Fall passiert wäre, aus dem einen oder anderen Grund, aber was konnte mir das schon bedeuten? Ich war da, war geboren und war die Tochter einer Verrückten. Eine Art Schandmal, verstehst du? Etwas, das mein Leben eingeschränkt hat. Es war immer da, lag auf der Lauer. Du hast auch schon Angst gehabt, verrückt zu werden? Ich denke, das geht früher oder später jedem so, es ist normal, so wie das Leben läuft. Für mich jedoch, siehst du, für mich ist es etwas anderes. Ich wußte, ich meine, ich weiß, daß ihr Blut mit meinem vermischt ist, und diese Sache tobt in mir, nachts kommt es sogar manchmal vor, daß ich sie höre, sie geht in meinen Adern hin und her und spricht zu mir, sie sagt, komm, los, komm auf meine Seite. Letzte Woche habe ich im Fernsehen einen Dokumentarfilm über japanische Bäume gesehen, diese Zwergbäume. Wie grauenhaft, nur den Japanern kann so etwas einfallen! Nun gut, weißt du, wie sie es anstellen? Es sind Bäume wie alle anderen, jede Sorte, Apfelbäume, Pinien, Ölbäume. Im Samen stimmen sie überein, dieselbe Form, dieselben Blätter, dieselben Farben, einfach alles; sie könnten, nein, sie müßten sogar wachsen, können es aber nicht, weil immer jemand da ist, der sie überwacht, sie hier und da beschneidet, sie einengt, sie zwingt, klein zu bleiben. So habe ich mich selbst immer zu ganz kleinen Gedanken, zur Mittelmäßigkeit gezwungen. Ich erinnere mich zum Beispiel ganz genau, daß ich als junges Mädchen, in einem Alter, in dem man naturgemäß zu großen Gedanken neigt, im Sommer manchmal spät abends heimkehrte. Dann ging ich auf der Strandpromenade und fühlte den Sternenhimmel über mir, er war dort oben mit allen Sternen ausgebreitet wie ein großes Laken, etwas, das einen umhüllt, ich wußte, daß er da war und auch, daß er schön, sehr schön war, aber ich hob nie den Kopf, ich zwang mich, ihn nicht zu heben. Ich hatte Angst, verstehst du? Angst vor der Dunkelheit, vor der Stille, vor den fernen Lichtern, Angst vor jener Sache, die im Hinterhalt lauerte. Jahrelang bin ich an den Strand gegangen, ohne je ins Wasser zu gehen, nie habe ich ein Buch gelesen, wenn mir der Inhalt nicht vorher kurz zusammengefaßt worden war.

Mein Mann? Den habe ich als junges Mädchen kennengelernt, und von da an ging es ein bißchen besser. Meine Mutter lag zu der Zeit in einer Klinik. Ich ging sie selten besuchen. So ist das Leben, nicht wahr? Man denkt an die Zukunft. Er hatte gerade sein Juraexamen abgelegt, widmete sich zum Zeitvertreib – jetzt sagt man Hobby dazu, glaube ich – der Bildhauerei, kurz, ein Mann, der zu mir paßte, ein starker, ruhiger Mann. Damals dachte ich an Heirat, Kinder, meine Rolle als Mutter. Es waren die Monate, in denen die ersten Kundgebungen stattfanden.

Ich erinnere mich noch genau an einen Nachmittag im März. Seltsam, diese Sache mit dem Gedächtnis, nicht wahr? Ich weiß nichts mehr von dem, was mir gestern passiert ist, und die alten Sachen habe ich dagegen vor Augen, als geschähen sie heute. Mein Vater und ich sind im Wohnzimmer, die Fenster stehen offen; er stimmt seine Geige, und ich lese. Auf einmal kommt ein Demonstrationszug vorbei, und die Leute schreien auf deutsch: *»Juden raus!«* Da lege ich das Buch hin und frage meinen Vater: »Was rufen die denn?« Und er, ohne das Instrument loszulassen: »Sie sagen *Jugend raus*.« – »Warum?« frage ich. – »Weil es stimmt«, erwidert er, »sie haben recht, die Jugend muß rausgehen, sich amüsieren ...«

Verstehst du? Er weigerte sich, es zu wissen. Das Vertrauen auf Gott zu verlieren war Sünde, ich glaube, damit hat es zu tun.

Viele Jahre später, als alles schon geschehen war, habe ich gedacht: Gott hat nichts damit zu schaffen, vielleicht gibt es ihn nicht einmal; und falls er doch existiert, ist er mit etwas anderem beschäftigt. Nicht er bläst den Köpfen die

Viren ein, nicht er bringt sie aus dem Gleichgewicht, sondern sein Gegenspieler.

Allerdings habe auch ich Mühe gehabt, mir die Gefahr klarzumachen. Weißt du, warum? Es war sein Einfluß, und außerdem war ich überzeugt, daß die Tatsache, eine verrückte Mutter zu haben, mich von jedem anderen Übel entbinde. Kurz, wenn man dem Schmerz einen Tribut entrichten mußte, dann hatte ich bereits bezahlt, ich hatte meine Schuldigkeit getan, mir konnte nichts mehr passieren. Also kümmerte ich mich um die Aussteuer, um das Verlobungsfest, wartete auf die Besuche meines zukünftigen Mannes. Ich lebte dahin, wie alle Mädchen der damaligen Zeit. In erster Linie gab es uns beide, unsere Pläne, in zweiter, dritter, vierter Linie, sehr weit weg, die Geschichte. Wie hätte ich ahnen können, daß ausgerechnet sie uns überrollen würde?

Weißt du, jetzt kommt es ab und zu vor, daß ich mit jungen Leuten wie dir rede, und dann geht mir auf, daß ihr viel besser dran seid. Ihr lest, informiert euch, schaut euch um mit einem Blick, dem nichts entgeht. Ich freue mich darüber, denke, gut, so wird es nicht noch einmal geschehen. Zu unserer Zeit war es anders, es gab die großen Dinge, die Religion, Gott, die Seele, und dann die kleinen Dinge des Alltags. Es fehlten – wie soll ich sagen? – die Dinge dazwischen.

Als meine Mutter in die Klinik kam, waren schon merkwürdige Nachrichten aus Deutschland eingetroffen, Nachrichten, die man nicht glauben konnte. Und in der Tat glaubte mein Vater sie nicht. Auch als einige seiner Freunde nach Palästina abreisten, blieb er stur. Weißt du, was er sagte? Er sagte: »Die Leute regen sich über Kleinigkeiten auf! Wir haben nie jemandem etwas zuleide getan, wieso sollte uns etwas passieren?« So redete er, und ich bemühte mich natürlich, ihm zu glauben.

Komisch, nicht wahr? Jetzt, wenn ich mir alles noch einmal anschaue, sind wir gerade dank meiner Mutter davongekommen. Vielleicht ist mir das gestern aufgegangen, und ich habe deswegen, ohne es zu wissen, zu weinen angefangen. Gestern hat das Herz es verstanden, heute der Kopf. Alles geht so, in Zeitlupe. Wie gesagt, sie war schon seit drei Jahren in einer Klinik, als es passiert ist. Die Krankheit hatte sich verschlimmert, es war nicht mehr möglich, sie zu Hause zu behalten. Wie auch immer, dort in der Klinik war sie plötzlich sanftmütig geworden, sie lag fast immer im Bett und rief mit kurzen und langen Pfiffen, einer von ihr erfundenen Sprache, ihre Freundinnen, die Bienen, herbei. Manchmal streckte sie auch die Arme nach oben, machte Gesten, als wolle sie die Bienen anlocken. Das Bild, das mir geblieben ist, ist genau dieses.

An einem Maimorgen haben sie sie geholt, wir wußten nichts, ich bin mit Blumen in der Hand dort bei ihr angekommen, sie wollte immer Blumen für die Bienen, und habe das Bett ungemacht und leer vorgefunden. Sie war nicht im Bad, sie war nicht im Sprechzimmer, immer lauter fragte ich die Ärzte: »Wo ist sie?« Und sie starrten mich an, ohne etwas zu sagen. Als ich in den Hof kam, sah ich einen deutschen Lastwagen, einen rundum geschlossenen Lastwagen, mit einem Soldaten am Steuer. Ich hatte ihn bemerkt, achtete aber nicht weiter darauf. Erst nachher, als ich durch die Gänge irrte und sah, wieviele Betten plötzlich leer waren, ist mir auf einmal der Verdacht gekommen, nein, da habe ich es begriffen, ich bin hinausgerannt. Als ich in den Hof kam, ließ der Lastwagen gerade den Motor an und fuhr langsam los. Ich lief schreiend hinterher, die Blumen fielen zu beiden Seiten herunter, ich sehe sie noch genau vor mir, diese Blumen auf dem Asphalt, vergeblich. An den folgenden Tagen haben wir sie überall gesucht, Papa hat alle einflußreichen Freunde eingeschaltet, die er dazu bewegen konnte, es ist uns nicht gelungen, auch nur den Fetzen einer Nachricht zu erhalten. Unauffindbar, für immer verschwunden. Das Euthanasie-Programm. Du hast davon gehört, oder? Noch vor den Juden mußten die Geisteskranken, die Verrückten ausgerottet werden. Auf Umwegen hat uns dann jemand in den folgenden Wochen gesagt, daß sie nach Deutschland gebracht worden sei, daß sie für den Fortschritt der Wissenschaft dort im Norden gelandet sei, um Experimente zu machen. Jemand anders dagegen hat uns gesagt, daß sie sie noch in der Stadt umgebracht hätten, mit dem Auspuffgas des Lastwagens. Ich schäme mich, es dir zu sagen, aber ich weiß bis heute nicht, wo er ist, ihr Körper, kurz, das, was bleibt. Nach dem Krieg sind detaillierte Listen herausgekommen, ich hätte sie mir besorgen können, alle Namen lesen können, aber ich habe es nicht getan.

Wenn du es tätest? Die Listen sind noch erhältlich, so sagst du es mir, bevor ich sterbe. Ich nicht, um Gottes willen, ich denke gar nicht daran. Gewähre mir diesen kleinen Luxus, wenigstens einmal nicht hinzusehen, feige zu sein.

Der Schmerz, weißt du, ist damals gar nicht herausgekommen, er erstarrte wie auf einem Photo. Unvermutet war uns diese Sache zugestoßen, hatten wir begriffen, daß alles stimmte. Zuallererst mußten wir an uns selbst denken, verstehst du, daran, uns in Sicherheit zu bringen. Mama, ihr Ende, blieb in uns begraben, ein kleiner Zementblock ganz unten auf dem Grund. Ich meine, ich wußte, daß meine Mutter tot war, ich wußte, daß ich nicht wußte, wo sie gestorben war, aber ich wußte es wie eine Gegebenheit, eine Nachricht, nicht mit dem Herzen. Dann gestern, in dem Interview, ist etwas zerbrochen, und sie kam wieder hervor, nicht über den Kopf, sondern von dort, aus dem Herzen. Heute nacht, ich habe es dir schon gesagt, habe ich fast überhaupt nicht geschlafen. Neben mir fühlte ich den Körper meiner Mutter, diesen Körper eines Vögelchens. Ich hörte ihre Stimme das Bienenlied singen. Weißt du, was mich mehr leiden macht als alles andere? Daß ich in den letzten Augenblicken nicht ihre Hand halten konnte. Ich schließe die Augen und sehe sofort das Bild von ihr im Nachthemd, wie sie in dem Lastwagen durchgeschüttelt wird, hineingeworfen, als wäre sie ein Paket, ich denke an ihren leeren, unschuldigen Blick und dann ... Genug, hören wir auf damit, ich höre auf, ich will nicht noch mal weinen, vor dir. Aber siehst du, hätte sie nicht so ein Ende genommen, wir hätten noch lange nicht an die Vernichtung geglaubt, und dann wäre es zu spät gewesen. Deshalb sage ich dir: sie hat uns gerettet. Wir hatten immer gedacht, daß sie eine Prüfung wäre, uns nur das Leben schwermachte, und statt dessen, siehst du, war sie vielleicht einzig deshalb auf die Welt gekommen, hatte nur deshalb mit all der Bürde an Leiden gelebt, um uns zu gestatten, am Leben zu bleiben, weiterzumachen.

Irgendwo wird Buch geführt? Die Einnahmen, die Ausgaben gegeneinander aufgerechnet? Es ist wie mit der Seele, manchmal sage ich mir, ja, so ist es, dann wieder, nein, das gibt es nicht. Ich denke an meine Mutter, den Sinn ihres Opfers, und glaube daran, doch dann frage ich mich, was für eine Buchführung es schon sein kann, die einen unschuldigen Menschen sterben läßt. Keiner kann wählen, keiner entscheiden, es wird nicht Buch geführt, nichts. Die Dinge gehen einfach weiter und fertig.

Jetzt ist es aber genug, ich fange an, Dummheiten zu sagen, Dinge, die ich nicht weiß. Ich habe dich traurig gemacht, stimmt's? Ich weiß nicht, was mit mir los ist, ich habe noch nie so viel geredet, noch dazu auf diese Weise. Die schlaflose Nacht muß daran schuld sein, glaube ich, die Worte sprudeln aus mir heraus, und ich kann sie nicht mehr aufhalten.

Reden wir lieber von dir, am besten redest du, erzähl mir was Schönes. Was machst du heute abend, wenn du von hier fortgehst? Gehst du tanzen?

Schau, was für rote Backen! Es bläst ein starker Wind heute, oder? Bist du nicht etwas zu leicht angezogen? Lach nicht, so bin ich eben, ich höre nie auf, die Mama zu spielen, die jüdischen Mütter, sagt man, nicht wahr. Schrecklich. Geh doch bitte du in die Küche, und setz das Teewasser auf, der Teekessel steht schon auf dem Herd bereit. Ich warte im Wohnzimmer auf dich, da ist es wärmer.

Wie er heult, das höre sogar ich, obwohl ich taub bin. Es

ist töricht, aber der Wind macht mich immer seltsam fröhlich, fröhlich wie ein kleines Mädchen. Es muß wegen dieser Vorstellung sein, daß er durch die Köpfe fährt und die Gedanken mit fortnimmt. An solchen Tagen gingen wir, mein Mann und ich, als wir verlobt waren, immer hinauf in den Karst.

Am Rand der Hochebene gibt es eine kleine Senke, ich weiß nicht, ob du sie kennst, ob du je dort gewesen bist. Dort bläst der Wind stärker als irgendwo sonst, er sammelt sich an dieser Stelle, bevor er über die Stadt fegt. Wir blieben stundenlang dort oben, und jedesmal, wenn ein starker Windstoß kam, lehnten wir uns mit dem ganzen Gewicht dagegen, die Kunst bestand darin, nicht zu fallen, wenn der Wind plötzlich schwächer wurde. Gerade heute morgen, während ich noch im Bett lag und rundherum alles klappern hörte, sind mir diese Nachmittage wieder eingefallen, und weißt du, wie mir auf einmal zumute war? Ich wünschte mir, dort hinaufzugehen. Seit den Tagen der Verlobung bin ich nie mehr dort gewesen. Den Grund dafür kannst du verstehen, du kennst mich ja inzwischen, ich will mich an nichts erinnern. Aber heute früh, ich habe mich selbst gewundert, heute früh habe ich gedacht, ja, ich will dort hinauf, ich will die grasbewachsene Senke sehen, ich will den eisigen Wind auf dem Gesicht spüren, in der Nase, an den Ohren. Ein letztes Mal will ich alles sehen.

Warum ich letztes sage? Weil es so ist, das spüre ich. Es wird dir auch schon mal so gegangen sein, oder? Du machst eine Reise, bist an einem schönen Ort, doch dann kommt der Augenblick des Abschieds. Was machst du dann? Du gehst an die Stelle, die dir am besten gefällt, und schaust sie dir lange an. Um sie in deinem Inneren aufzubewahren, steckst du sie in eine Art Geheimkoffer. Es kommt ein Alter, in dem du plötzlich ein Bedürfnis danach hast, es geht mir seit ungefähr zwei Monaten so. Natürlich rühre ich mich nicht vom Fleck, ich gehe nirgends hin, es ist mir nicht möglich, wegen meiner Gesundheit, wegen des Geldes, aber es würde mir gefallen, ja, ich würde gern an die Orte gehen, mich noch einmal von allen Dingen verabschieden, die mich leben gesehen haben. Es gibt doch dieses Gedicht – von wem ist es? – von Rilke, wenn ich mich nicht täusche, oder täusche ich mich? Wie auch immer, es gibt ein Gedicht, das dieses Gefühl sehr gut zum Ausdruck bringt. Ich weiß noch ein Stück auf deutsch, kaum zwei Zeilen, welche? Nein, ich bringe es nicht über mich, sie aufzusagen, ich kann es nicht mehr. Wenn ich denke, wie sehr mir diese Sprache früher gefiel, es war ja die erste, die Sprache meiner Kindheit, und noch heute glaube ich, daß es für die Dichtung keine bessere gibt.

Weißt du, Bruno, mein Mann, hatte diese Gewohnheit, er lernte die schönsten Zeilen auswendig. Er sagte, sie sind wie Liebkosungen für die Seele, man muß sie immer bereithalten, innerlich. Die wenigen Strophen, die ich noch kann, hat er mir beigebracht, nicht einmal als junges Mädchen hatte ich ein gutes Gedächtnis. Als er von dort zurückkam, sagte er, dank der Gedichte sei er entkommen, sie hätten ihn gerettet. Er wiederholte sie sich in den schlimmsten Momenten, verstehst du? Wenn er nichts anderes sein sollte als ein Tier, sagte er sie stumm auf, in seinem Kopf, es war ein Schatz, den ihm niemand nehmen konnte.

Wie es passiert ist? Es ist passiert, als wir uns in einer

Wohnung versteckt hatten, wir waren schon verheiratet und lebten dort, meinem Vater war es gelungen, sich nach Palästina einzuschiffen, wir sollten mit dem nächsten Schiff reisen. Die Wohnung hatten uns Freunde von Papa zur Verfügung gestellt, sie lag im obersten Stockwerk eines Hauses nahe beim Bahnhof. Wir waren dort untergetaucht, klar, lebten bei stets geschlossenen Fenstern. Um uns zu bewegen, warteten wir, bis sich die Mieter des Stockwerks darunter bewegten. Wir waren sehr geschickt geworden, sprachen mit gedämpfter Stimme, gingen im Dunkeln, immer ohne Schuhe. Um die Klospülung zu ziehen, warteten wir, bis die Leute unter uns ihre zogen, die Geräusche mußten immer die gleichen sein, um zu verschmelzen, sie mußten übereinstimmen. Wir sind drei Monate dort geblieben, es waren unsere Flitterwochen. Dann eines Morgens, als alles ruhig zu sein schien, hat er beschlossen auszugehen, hinauszugehen, um sich nach dem Schiff zu erkundigen. Ich stand am Fenster, die Fensterläden waren aus Holz, etwas kaputt. Ich sah alles ganz genau, ich habe ihn mit dem Hut auf dem Kopf das Haus verlassen, über den Platz gehen sehen. Auf halbem Weg hat sich ihm ein Auto genähert, ein Mann ist ausgestiegen, sie haben einen Augenblick verhandelt, der Mann hat ihn am Arm gepackt und ins Auto gezerrt. Er hat sich nicht umgedreht, um mich anzusehen, er wollte mich nicht verraten, verstehst du, aber ich, ich habe seinen Blick, seine Augen in jenem Moment trotzdem gesehen. Ich weiß noch heute nicht, wie lange ich dort gestanden bin, bewegungslos wie ein gehetztes Tier. Ich witterte die Spürhunde rundum, ich erwartete sie. Ich entsinne mich nicht, was ich in jenen Stunden gedacht habe, ich war nicht ich. Plötzlich hatten sich mein Körper, mein Kopf verwandelt. Ich war zu einem jener Tiere geworden, die unter dem Eis Winterschlaf halten. Wie heißen sie? Murmeltiere? Ja, das war es, ich war ein Murmeltier geworden. Dann ist es dunkel geworden, ich habe mich bewegt, habe gedacht, was mache ich? Nur das fiel mir ein, sie haben ihn gefaßt, und bald, sehr bald würden sie kommen und mich auch holen. Ich lehnte in einer Zimmerecke, mit dem Gesicht zur Wand, und ließ mich auf die Knie fallen. Ganz leise, ohne Lärm zu machen, weinte ich stundenlang. An jenem Morgen hatte ich mich von ihm verabschiedet wie immer, ein bißchen hastig sogar. Ich hatte mich so von ihm verabschiedet, weil ich nicht wußte, weil ich mir nicht einmal vorstellen konnte, daß er verschwinden würde. Daher hatte ich Gewissensbisse, Gewissensbisse, daß ich ihn nicht fester umarmt, ihm nicht in die Augen geschaut hatte. Es ist auch ein wenig töricht, nicht? Wir waren einander seit so vielen Jahren vertraut, wie hätte ich ihn vergessen können, seine Stimme, seinen Körper vergessen können? Und doch brachte mich jene Tatsache zum Weinen, die Tatsache, daß ich mich nicht von ihm hatte verabschieden können, nicht ade oder auf Wiedersehen zu ihm hatte sagen können in dem Bewußtsein, daß es das letzte Mal war. Ich fürchtete, daß ich ihn bald vergessen würde, ihn mit anderen Personen durcheinanderbringen würde.

Ob ich um mich Angst hatte? Nein, das war mir ganz gleich. Ich wollte nur, daß alles so schnell wie möglich zu Ende wäre und basta. Nein, der Tod machte mir keinerlei Eindruck, im Gegenteil... Du weißt es, ich bin dann in jenes Kloster gegangen, die Untergrundorganisation hat alles genau geplant. In der letzten Karnevalsnacht habe ich das Haus verlassen, wir haben extra so lange gewartet, wegen des Trubels. In einem kleinen Lieferwagen versteckt haben sie mich zu einem Kloster in der Nähe des Gebirges gebracht, dort bin ich bis Kriegsende geblieben. Zwei Monate später habe ich Nachrichten von Bruno erhalten. Sie hatten ihn nicht getötet, er war noch in Italien, in einem Sammellager, man wußte nicht, wann er abtransportiert würde.

Danach habe ich meine Kräfte doch wiedergefunden, die Kräfte, die ich nicht mehr zu haben glaubte. Ich dachte nur daran, wie ich ihn befreien, ihn bald herausholen könnte, bevor er abtransportiert würde. Es war zermürbend. Jeden Tag überfiel mich Trostlosigkeit, ich fürchtete, es nicht zu schaffen. Tage um Tage vergingen, leere Wochen. Ich lebte wie die Nonnen, nach derselben Zeiteinteilung, ging in den Fluren oder im Kreuzgang spazieren. Dort stand ein kleiner Brunnen aus Zement mit einer Madonna obendrauf und Goldfischen darin. Diese Fische sahen mich an, und ich sah sie an, ich dachte an die letzte Nachricht, die ich erhalten hatte, und an die, auf die ich vergeblich wartete. Und dann, du weißt, wie so etwas passiert, nicht wahr? Es wird dir im Lauf einer Krankheit oder auf einer Reise auch schon passiert sein. Du denkst und denkst, kannst mit niemandem reden, und nach einer Weile weißt du auf einmal nicht mehr, was stimmt und was nicht, wirst unsicher über alles. Ich hatte den Verdacht, daß sie mich betrogen, verstehst du? Daß sie aus Mitleid Dinge zu mir sagten, die nicht stimmten. Doch eines Tages, welcher Monat war es? Mai, glaube ich, auf dem Altar stand ein großer Strauß aus Mohn und

Kornblumen, ja, eines Tages im Mai wird mir verschlüsselt die Nachricht überbracht, auf die ich warte. Kurzum, der Plan war bis in die kleinsten Einzelheiten ausgearbeitet, noch vor Ende des Monats sollte Bruno fliehen.

Weißt du, was ich an dem Tag getan habe? Ich bin allein in die Kapelle gegangen und habe auf Knien, wie ein Kind, gebetet: »Gott, ich danke dir!«

Aber was weiß ich, was verstehe ich schon, wofür bedanke ich mich? Nie ein fester Punkt, ein Gesetz, das gilt, jede Stunde erfinde ich mir eines, und jede Stunde werde ich Lügen gestraft. Ich sage, es ist das Gesetz Gottes, es ist das Schicksal, es ist das Gefühl von Schuld und Sühne, ich warte, bin auf alles gefaßt, und es passiert das Gegenteil: so als würde immer noch ein neues Gesetz gelten, ein Gesetz, das du nicht erwartest. Ich glaubte ja, mit der Krankheit meine Schuld abbezahlt zu haben. Aber nein, es geht noch weiter. Sowie du dich umdrehst, trifft es dich. Das Leben ist so, weißt du: Wir sind wie Würmer, die in der Erde von einem Spaten aufgedeckt werden, plötzlich fällt das Licht über uns her, wir winden uns wie verrückt, die Vögel werden von unserer Bewegung angezogen, sie stürzen sich auf uns, verschlingen einige, andere nicht, man windet sich noch eine Weile, dann schüttet der Spaten erneut Erde auf uns, bedeckt uns, und es herrscht wieder Dunkelheit, Stille, wir rühren uns nicht mehr. Du findest mich zu pessimistisch? Die Hoffnung, sagst du? Was soll ich damit? Ich habe das Leben mit meinen Augen betrachtet, ich habe es genau mitverfolgt, und jetzt, da ich alt bin und rückwärts schaue, weiß ich, worum es sich handelt.

Kurzum, siehst du, es scheint unmöglich, aber Bruno

wollte nicht fliehen, er hat sich geweigert. Er hätte gekonnt, der Plan war fertig, vollkommen; die Gefahren waren so klein gehalten, wie es nur irgend ging. Er hätte gekonnt, aber er hat es nicht getan. Er hat gesagt, nein danke, ich bleibe. Ich habe nie erfahren, warum, auch als er zurückgekommen ist, habe ich nicht den Mut aufgebracht, ihn danach zu fragen. Mich selbst habe ich es oft gefragt, o ja, und weißt du, was ich denke? Dieses Verhalten gehörte zu seinem Charakter, er war ein unbestechlicher, rechtschaffener Mann, darin bestand sein ganzes Leben, im Kampf gegen die Ungerechtigkeit. Darum lehnte er wahrscheinlich jegliches Vorrecht ab, auch für sich selbst: zu leben, während die anderen in den Tod gingen. Er vertraute auf das Schicksal, nein, er vertraute nicht nur, er glaubte daran. Wenn das Schicksal ihm den Tod bestimmte, den entsetzlichsten Tod, so fügte er sich darein, ohne Fragen zu stellen. Noch immer weiß ich nicht zu sagen, wie man es nennen soll. Mut? Feigheit? Du weißt, wie ich bin, am einen Tag denke ich eine Sache, am nächsten eine andere. Darin jedoch gibst du mir recht, oder? Dem Schicksal zu folgen ist bequemer, man muß sich keine Fragen stellen, nie eine Wahl treffen.

Aber all das, verstehst du, all das war eine große Sache, ging über meinen Kopf hinweg. Wie sollte ich mich schon fühlen? Ich hatte einen Mann, einen Mann, den ich liebte, und dieser Mann zog das Schicksal mir vor. Was war ich also? Nichts, ein Anhängsel.

Ich bin böse, wenn ich so rede, nicht wahr? Dennoch, das kann ich nicht leugnen, war ich sehr enttäuscht, ich fühlte mich verraten. Die Zeit verging nicht mehr für mich, nichts bewegte sich, die Tage im Kloster waren einer wie der andere. Es war mir unmöglich zu denken, daß er zurückkehren würde, das Leben hatte diese Wendung genommen und würde so weitergehen bis zum Schluß. Gewiß, irgend etwas mußte passieren, eines Tages würde der Krieg aus sein, ich wäre wieder frei, aber was kümmerte mich das? Ich hatte ein ganzes Jahr dazu gebraucht, um meine Aussteuer vorzubereiten. Ich hatte alle Laken bestickt, alle Kopfkissen, alle Tischtücher, und sie lagen noch dort, im Keller meines Vaters, in fest verschnürten Pappkartons.

Vom Fenster meiner Zelle aus sah man nur Felder, sie wurden mit Weizen bestellt. An den Sommernachmittagen, zwischen zwei und drei, weißt du, in jener schrecklichen Stunde, in der man nicht weiß, was man tun soll, stellte ich mich hin und betrachtete sie. Die Schönheit kann furchtbar sein, nicht wahr? Sie kann mehr Angst machen als alles andere, Grauen. Still lagen die Felder da, vollkommen still, ihrer selbst sicher, kein Windhauch regte sich, ein großer goldener Teppich, der von dort bis zum Horizont reichte. Warum ich dir das erzähle? Wegen der Zikaden, ja. Wegen des Geräuschs, das sie machen, Zirpen sagt man? Ja, die Schwalben zwitschern, die Zikaden zirpen, genau. Ich hörte das Geräusch ganz laut, und alle Viertelstunde die Glocken des Klosters. Ich hörte langsame Schläge, einen nach dem anderen, und das Brummen einiger Fliegen. Die Insekten umflatterten mein Gesicht, um die Schweißtropfen aufzusaugen, und da, da... Wie ich darauf komme? Jetzt habe ich den Faden verloren... Ach so, ja, die Natur.

Siehst du, heute ist es große Mode, jede Ameise am Leben zu halten. Jeden Morgen schlage ich die Zeitung auf und lese, der und der Baum ist im Aussterben begriffen, es gibt kaum noch Frösche, dort oben im Firmament ist ein Loch, ein riesiges Loch. Ich lese alle diese Dinge und verstehe nicht, verstehe einfach nicht, wie man an ihnen hängen kann, sie lieben kann. Dir gefällt die Natur, stimmt's? Du hast es mir schon einmal gesagt, ich weiß nicht, wieso sie dir gefällt, für mich bedeutet Natur dies: Beleidigung, Unverschämtheit.

Wo waren wir stehengeblieben? Beim Kloster? Ja, ich habe drei volle Jahre lang mit den Nonnen gelebt, wir hatten uns nicht viel zu sagen, aber sie waren freundlich, für sie war es übrigens schon eine große Gefahr, mich dort drinnen zu verstecken. Ich half in der Küche, im Gemüsegarten, fütterte die Hühner, ich wollte nicht zur Last fallen. Diese Art von Leben hat nach einer Weile eine seltsame Wirkung, es wirkt wie ein Betäubungsmittel.

So habe ich, fast ohne mir selbst darüber klar zu sein, schließlich einen Schwur abgelegt, nein – wie heißt es? – ein Gelübde, ich habe vor mir und Gott ein Gelübde abgelegt, das erste und einzige, seit ich auf der Welt bin, ich habe ihm versprochen, daß ich am Ende des Krieges in jenen Mauern bleiben wollte, daß ich den Rest meines Lebens dort drinnen eingeschlossen fern aller Blicke in Demut verbringen würde. Ich wollte büßen, dachte ich damals. Jetzt denke ich, daß es nur Feigheit war, ich wollte einen geschützten Platz und sonst nichts.

Die Nonnen wußten es zum Glück nicht, es war eine Geschichte zwischen mir und ihm, etwas Privates, wenigstens vor ihnen habe ich mich nicht schämen müssen, als ich mein Wort gebrochen habe.

Weißt du, was ich gedacht habe, als ich nach Hause zurückkehrte? Ich habe gedacht, nun gut, eigentlich habe ich gar kein Gelübde gebrochen, weil ich es vor dem Gott der Christen abgelegt habe, während mein Gott ein anderer ist. Verstehst du? Als würde Gott nur einem Bereich vorstehen, dem einen Bereich und keinem anderen. Weil ich seine Rache fürchtete, du weißt ja, wie zornig der Gott der Bibel ist. Doch für Furcht blieb wenig Zeit, man mußte im Leben wieder von vorn beginnen, alles war neu aufzubauen. Mit den letzten Transporten von Überlebenden war Bruno zurückgekehrt.

Warum erzählst du mir nie etwas von deinen Liebesbeziehungen? Du hast keine? Das glaube ich nicht. Wie ist das möglich? Du bist schön, und ein Herz hast du auch. Oder nicht? Manchmal kommst du, und während wir uns unterhalten, beobachte ich dich, und du machst mir angst. Nicht angst, du beunruhigst mich. Ich verstehe nie, was hinter deinem Lächeln steckt, hinter den Augen. Ab und zu sage ich mir: sie hat ein großes Herz, sie ist wirklich großmütig, ab und zu sehe ich ein Aufleuchten in deinem Blick und denke das Gegenteil. Doch warum frage ich es mich überhaupt, was zählt es schon? Du kommst hierher und hörst mir zu.

Du hast heute dein Nähzeug mitgebracht? Entschuldige, aber ich muß lachen, wenn ich dich so sehe, mit Nadel und Faden in der Hand, ich hätte nie gedacht, daß du so was könntest. Du versuchst es? Sehr gut, ich habe nie dazu getaugt, ich habe nie viel zustande gebracht in meinem Leben, gerade ein bißchen Kochen, die einfachsten Gerichte.

Meine Mutter war verrückt, mein Vater dachte, ich würde Dienstboten haben. So hat mir niemand etwas beigebracht, als ich ins richtige Alter kam. Man lernt es von allein? Mag sein. Ja, mit dem Willen kann man alles, aber ich, weißt du, ich habe nie viel Unternehmungsgeist besessen. Ich glaube, daran ist auch meine Erziehung schuld, so oft schaue ich die Enkel meiner Freundinnen an, höre zu, wie sie untereinander oder auch mit den Eltern reden, und sage mir, ja, es ist ihnen nicht im entferntesten klar, wie einfach das Leben für sie ist. Zu der Zeit, als ich Kind war, war man gewöhnt zu gehorchen, ich sage nicht, daß man Angst hatte, zumindest in meinem Fall nicht, aber Ehrfurcht schon. Man hatte große Ehrfurcht vor den Eltern, vor den Eltern und später auch vor dem Ehemann. Es war die Fortsetzung einer Geschichte, man hatte sich lieb, aber man wagte nicht, seiner Meinung zu widersprechen.

Jedenfalls habe ich mit Bruno Glück gehabt. Für die damaligen Zeiten war er ein sehr aufgeschlossener Mann, er ließ mich die Dinge frei entscheiden, zumindest behauptete er das, aber in Wirklichkeit entschied ich gar nichts.

Weißt du, als er zurückgekommen ist, war es hart. Ich hatte drei Jahre dazu gebraucht, um mir klarzumachen, daß ich ihn nie wiedersehen würde. In Wirklichkeit hätte ich mir das nicht einreden dürfen, ich hätte immer weiter hoffen müssen, aber so bin ich eben. Ich hatte mir gesagt, daß er tot sei, und dann stand er von einem Tag auf den anderen vor der Tür. Wir mußten unser Leben als Mann und Frau beginnen, das Leben, das wir nie geführt hatten. Er war sechsundzwanzig, ich kaum zweiundzwanzig; erst zweiundzwanzig, verstehst du? Ehrlich gesagt, weiß ich nicht, wie alt wir tatsächlich waren, wir fühlten uns so alt, so müde ... Manchmal abends, wenn wir zu Hause waren, sah ich ihn an, während er bei laufendem Radio im Sessel schlief, und ein Gefühl von Unwirklichkeit überkam mich. Ich glaube, ihm ging es genauso.

Ich habe ihm nie Fragen gestellt, ich dachte, das sei nicht recht. Ich hörte ihm zu, wenn er sprach, aber er sprach selten. Er war das Gespenst, der Schatten des Mannes, den ich geheiratet hatte. Ja, mag sein, daß ich auch anders war, die drei Jahre Einsamkeit hatten innerlich etwas ausgemacht. Ich weiß jedoch nicht, wie ich mich verändert habe, wenn man immer nur mit sich selbst zusammen ist, ist es schwierig, das zu erkennen.

Wie auch immer, so ruhig Bruno tagsüber war, so verstört war er nachts, die Nacht war eine wahre Hölle. Oft mußte ich morgens die Laken flicken, weil sie zerrissen waren. Er zerriß sie. Er bewegte sich, als stünde er innerlich unter Strom, die Arme zuckten unkontrolliert, die Beine, er knirschte mit den Zähnen. Ich wußte nie, was ich tun sollte, ich meine, ob ich ihn wecken sollte oder nicht. Ich saß auf dem Bettrand und sah ihm zu, lauschte seinen Sätzen, um etwas zu begreifen. Ich wollte ihm helfen, aber ich wußte nicht, wie. Er schrie immer auf deutsch, er schrie Befehle. Deshalb – das habe ich dir schon gesagt, nicht? – deshalb kann ich kein Deutsch mehr sprechen. Nach dem Krieg, vor allem in den letzten Jahren, sind so viele Bücher zu diesem Thema erschienen, Bücher von Überlebenden, von Psychologen, von Geschichtswissenschaftlern. Ich habe sie auf den Ladentischen der Buchhandlungen gesehen und habe sie immer liegengelassen.

Ich will nichts wissen, es interessiert mich nicht, für mich ist alles da, in den nächtlichen Schreien, den zerfetzten Laken.

Kürzlich auf der Straße ist etwas Merkwürdiges passiert, etwas, das mir noch nie passiert war. Ich war bis zum nächsten Häuserblock gegangen, um Milch zu holen. Ganz langsam, in der Geschwindigkeit, die meine Beine mir gestatten, machte ich mich wieder auf den Heimweg. Wegen der Arthritis gehe ich mit gesenktem Kopf, das weißt du. Nun gut, ich befand mich etwa in der Mitte des Bürgersteigs, als ich bemerkte, daß Pflanzen aus dem Asphalt wuchsen, häßliches Unkraut, wie es in der Stadt wächst. Es kam aus winzigen Ritzen heraus, mit Gewalt, war kräftig und stark.

Ich weiß nicht, was geschehen ist. Auf einmal kniete ich. Ich lag da auf der Erde und riß alles aus, zog eins nach dem anderen heraus und schrie: »Weg, weg, verdammtes Unkraut!« Erst als mich ein Herr an einem Arm aufgehoben hat, als ich wieder auf meinen Füßen stand, habe ich begriffen, wo ich war, was ich tat. Da habe ich mich natürlich zu Tode geschämt, so rasch ich konnte habe ich mich entfernt, mit der Miene einer Diebin.

Ich habe noch den ganzen Nachmittag darüber nachgedacht, die ganze Nacht. Wieso mußte ich bloß dieses Unkraut ausreißen, häßliche Pflanzen, gut, aber sie hatten mir doch nichts getan. Was war in meinem Kopf passiert? Ich glaube, ihre verzweifelte Zähigkeit ist mir auf die Nerven gegangen, das war es. Das Leben ist Rücksichtslosigkeit. Es will immer weitergehen und geht weiter, kümmert sich um nichts, setzt sich über die Gefühle hinweg.

Es sei ein Naturgesetz, sagst du? Das genetische Erbe müsse gerettet, weiterverbreitet werden? Genau, und was ist das dann? Eine Frechheit, wie schon gesagt.

Nicht anders war es mit mir und Bruno. Wir hätten uns auflösen, im Nichts verschwinden, womöglich anderswo wiedergeboren werden sollen, wie die Inder sagen, um ein ganz geradliniges, ruhiges Leben zu führen. Aber nein, da waren wir, müde, wußten nicht, was wir zueinander sagen sollten, die Kräfte reichten knapp, um bis zum Abend zu kommen. Dennoch hinderte uns etwas daran, uns gehenzulassen. Auch wenn wir keine Lust dazu hatten, drängte und zerrte uns etwas weiter vorwärts. Sowie seine Gesundheit wiederhergestellt war, begann Bruno an die Arbeit zu denken. Innerhalb weniger Monate fand er eine Rechtsanwaltskanzlei, die bereit war, ihn als Teilhaber aufzunehmen, und so wurde unser Dasein bald zur banalen, gleichförmigen Existenz eines jungen bürgerlichen Paares. Nur stimmte es nicht, verstehst du? Über uns, in uns waren jene drei schrecklichen Jahre. Gewiß, für ihn war es schlimmer gewesen als für mich. Manchmal, wenn wir bei Tisch saßen, sah ich ihm beim Essen zu. Er aß wie ein Tier, die Augen auf den Teller gerichtet, rasch. Mehr denn sie zu essen verschlang er die Speisen, als hätte er Angst, daß es das letztemal wäre, als befürchte er, daß jemand noch Wilderes ihm alles wegnähme. Diese Art des Verhaltens übertrug sich auf mich. Nichts war für uns sicher.

Ich sage nicht, daß sein Charakter anders geworden war, nein. Er war immer noch der unbeugsame und starke Mann, den ich kennengelernt hatte, aber manchmal geriet er in helle Wut. Wenn er heimkam und das Essen nicht fertig war, schrie er wie ein Verrückter, schlug alles kurz und klein. Ich wußte damals nicht, wie ich mich verhalten sollte. Ich wollte ihm helfen, ihm nahe sein, aber ich hatte auch Angst. Nach solchen Augenblicken wurde er plötzlich still, saß im Sessel und starrte ins Leere oder verließ das Haus, verschwand für Stunden. Ich glaube, er schämte sich, es sah ihm nicht ähnlich, sich so zu benehmen. Oft, weißt du, fragte ich mich nach solchen Szenen, wenn ich allein zu Haus war: warum bin ich nicht auch dort hinaufgekommen, warum sind wir nicht zusammen gestorben? Warum war er dort und ich nicht, warum hatte das Schicksal diese Wahl getroffen, was stand mir noch bevor?

Natürlich hoffte ich, daß mit der Zeit alles in Ordnung käme. Ich dachte bei mir, wenn sein Körper wieder zu Kräften gekommen war, würde sich auch sein Geist erholen. Die Zeit schwächt ab, läßt auch die stärksten Farben verblassen.

Wenn dir jemand so etwas sagt, glaube nie daran, es stimmt nicht, es ist etwas, das man sich sagt, um sich zu trösten, und sonst nichts. Gewiß, zuweilen scheint es so, als heile die Zeit, man hat diesen Eindruck, aber es ist ein falscher Eindruck, völlig falsch. Die Zeit arbeitet weiter, ist wie ein Bohrer, gräbt, zersetzt, verwandelt die Löcher in Schlünde, in Abgründe.

Wie seltsam diese Sache ist, manche Dinge versteht man erst im Alter, man könnte besser leben, wenn man sie früher verstünde, statt dessen begreift man sie erst, wenn alles vorbei ist und es nichts mehr nützt, man nur noch darüber reden kann, so wie ich es mit dir tue. Wenn die alten Menschen mit den jungen mehr ins Gespräch kämen und wenn die

Jungen zuhörten, würde sich vielleicht etwas ändern... oder vielleicht doch nicht, es würde nichts nützen. Jedes Leben ist eine Tragödie, die mit dem Anfang beginnt. Erzählen ist verschwendeter Atem, alle machen Fehler und verstehen dann im Alter, bereuen, Fehler gemacht zu haben. Erfahrung ist nichts, man macht sie immer wieder von vorn.

Du meinst, sonst wäre es eintönig? Mag sein, doch wer hat gesagt, daß Eintönigkeit etwas Schlechtes sei? An der Erfahrung wächst man? Das glaube ich nicht, weil die Welt immer gleich ist, es spielen sich immer die gleichen Dramen ab. Weißt du, was ich für mich gewollt hätte? Das Dasein eines Baumes, ich wäre gern eine Zypresse gewesen, ein heiliger Ölbaum, eine Pflanze mit Wurzeln untendran und einer ausladenden Krone. Auch die Pflanzen empfinden etwas? Das hat man in Amerika entdeckt?! Nein, das wußte ich nicht, in diesem Fall nehme ich alles zurück, ich will nicht einmal ein Baum sein, gar nichts.

Aber so ist es, mit vierundzwanzig Jahren hatte ich von all dem nicht die geringste Ahnung. Brunos Arbeit lief inzwischen recht gut, ich kümmerte mich um den Haushalt; im Frühling erfaßte uns beide eine eigentümliche Euphorie, eine Euphorie, die wir nur zur Zeit unserer Verlobung gespürt hatten, es war wie ein innerer Schwung, ein Kind zu machen war das Natürlichste, was wir tun konnten. Es war das Leben, das wieder in Gang kam, verstehst du?

Ich dachte tatsächlich, sowie ich merkte, daß ich in anderen Umständen war, wir hätten endlich einen Schlußstrich gezogen. Ein Kind, das war, als würde man sagen, jetzt ist es genug, Punkt, neue Zeile, jetzt wird alles anders. Die ersten Monate war ich glücklich, waren wir glücklich. Du kannst das nicht wissen, aber wenn eine Frau schwanger wird, geschieht in ihrem Körper etwas, eine Art diffuse Verblödung. Jeden Tag verändert sich etwas, du schaust in den Spiegel und siehst, daß dein Blick leuchtet, schön ist. Es gibt auch Unannehmlichkeiten, gewiß, aber die bemerkst du kaum, du strahlst, strahlst innerlich, weil du fühlst, daß sich alles bewegt, daß es eine Ordnung gibt und du ein Teil davon bist. Für mich war da auch noch etwas anderes, ich hoffte, daß die Gegenwart des Kindes Bruno helfen würde zu genesen, nicht mehr zurückzuschauen. In einer ähnlichen Situation hatten Bekannte von uns genau damit einen Ausweg gefunden, mit einem Kind. Warum hätte es bei uns anders sein sollen?

Zum Herbst zu wurde Bruno wieder finster, hatte mehrere heftige Krisen. Nach einer davon verschwand er für zwei volle Tage aus dem Haus. Er hatte diese Krisen, doch ich hoffte weiter, ich sagte mir, im Grunde ist das Kind hier drin, er kann es noch nicht sehen. Wenn es erst draußen ist, wenn er es vor Augen hat, dann wird alles anders, wird bessergehen.

Ich brachte es im Dezember zur Welt, eine normale Geburt. Am nächsten Tag hat mich Bruno noch in der Klinik mit dem Kind auf dem Arm photographiert. Das Bild war für meinen Vater bestimmt, ich wollte ihn wissen lassen, daß das Leben weiterging und ich die Kraft besessen hatte voranzugehen. Er war nach Kriegsende dort unten geblieben, hatte wieder geheiratet. Er lebte in einem Kibbuz, den Briefen nach zu urteilen, war er glücklich.

An die ersten Monate erinnere ich mich kaum, so seltsam das ist. Meine Tochter nahm alle meine Kräfte, alle meine

Zeit in Anspruch. Sie war kein schwieriges Kind, nein, sie war ruhig, das Übliche. Das Anstrengende ist, daß sie nicht einmal eine Stunde ohne dich leben können, ohne deine Pflege. Unter der Woche war Bruno immer in der Kanzlei, er kam nicht einmal zum Mittagessen: nur samstags waren wir alle zusammen. Wenn das Wetter schön war, gingen wir auf der Strandpromenade spazieren. Wir sprachen nicht viel in jener Zeit, wir haben nie viel gesprochen, und doch spürte ich etwas Starkes, Unzerstörbares zwischen uns, was ich vorher noch nie empfunden hatte. Ich glaube, es war Stolz, Glück, Ausdauer. Wir fühlten, daß unser Mut das Richtige gewesen war, kurz, wir waren dabei zu gewinnen ... Man brauchte nur das Kind anzuschauen, um dessen sicher zu sein, es war jeden Tag lebhafter, fröhlicher. Es schien überhaupt nicht unter all dem gelitten zu haben, was vorher gewesen war. Bruno war in die Kleine verliebt; sowie er konnte, nahm er sie auf den Arm. Damals, weißt du, war das ungewöhnlich, die Väter beschäftigten sich nie mit den kleinen Kindern, sie überließen alles den Frauen, hatten Angst, den Kleinen weh zu tun, sich schmutzig zu machen. Gewöhnlich begannen sie wahrzunehmen, daß sie ein Kind hatten, wenn es in die Schule kam. Bruno jedoch war anders, er hatte sich sofort in seine Tochter verliebt, war immer um sie herum.

Wie ich mich fühlte, kannst du dir vorstellen, nicht wahr? Zum ersten Mal, seit ich mich erinnern konnte, sah ich keine dunklen Wolken über mir, vor mir lag ein lichter, freier Horizont.

Jener Horizont umfaßte alles, Serenas Heranwachsen, das Vergehen der Jahre. Ihr Heranwachsen und unseren langsamen Verfall, wir würden alt werden unter jenem Himmel, und eines Tages würden wir, wie eine Kerze, die nach und nach herunterbrennt, unter jenem Himmel auch still verlöschen. Ab und zu stellte ich sogar Berechnungen an, um meine Gewißheit zu verstärken – etwas in mir wakkelt immer, weißt du. Ich ging alle Menschen durch, die ich kannte, und sagte mir, dem Soundso ist schon dies und jenes zugestoßen, also wird ihm nun nichts mehr passieren; ein anderer dagegen hat ein wunderbares Leben gehabt, also muß er sich vielleicht auf etwas gefaßt machen. Ich verhielt mich wie ein Apotheker mit der Waage, verstehst du, ich wog alles ab und zog dann zuletzt meine Schlüsse daraus. Und die lauteten immer: wer früh gelitten hat, wird später nicht mehr leiden. Es war ein kindisches Spiel, kindisch und auch überheblich, aber es diente dazu, mich zu beruhigen. Ich wollte die Gewißheit haben, daß unsere Existenzen gesichert seien.

Das Verhältnis zum Leiden ist eigenartig, weißt du. Solange es sich in Grenzen hält, lehnt man sich immer auf, man denkt, wenn etwas Schreckliches geschehen ist, kann danach nichts mehr passieren ... Warum? Weil es nicht richtig ist. Es gibt einfach innerlich so eine Art unantastbaren Gerechtigkeitssinn. Man glaubt, das Leben sei ein Fest und das Leiden wie eine Torte. Jeder bekommt ein Stück, mehr nicht.

Dann aber, ich weiß nicht, ob da auch eine biologische Tatsache mitspielt, dann wird man älter, hat weniger Kraft. Und von einem Tag auf den anderen ändert es sich, du machst dich nur noch auf schlimme Dinge gefaßt und sonst nichts. Du fängst an, anders zu denken, liegst den ganzen

Tag unter der Sonne wie ein Tier mit lahmem Rücken. Auch wenn du dich bewegen willst, kannst du es nicht, du bleibst da und wartest.

Hast du nie daran gedacht, ein Kind zu kriegen? Ich habe gehört, daß es jetzt Mode ist, die Kinder alleine zu haben, ich meine, ohne den Vater. Na ja, solange sie klein sind, ist es vielleicht einfacher; aber wenn sie heranwachsen, was erzählst du ihnen dann?

Du würdest es nicht so machen? Ich hätte nicht geglaubt, daß du so weise bist. Du sagst, ein Kind sei ein Akt der Liebe? Gewiß, die Idee ist richtig, aber glaub mir, wer mal auf der Elternseite gestanden hat, würde das nie sagen. Weißt du, was ein Kind nämlich ist? Es ist eine Art Sack, in den du alles hineinstopfst. Du stopfst die Dinge hinein, die du nicht hast und gerne hättest, und die Dinge, die du hast und lieber nicht hättest, du stopfst deine Augenblicke der Leere hinein, deine Ängste. Siehst du, mit einem Kind machst du es falsch, sowie du dich rührst. Wenn man die Fehler erkennt, sei man gerettet? Nein, das stimmt nicht. Ich habe sie fast von Anfang an erkannt, aber es hat nichts genützt. Denn in deinem Eifer, immer wieder etwas hineinzustopfen, vergißt du, daß der Sack schon da war, seine eigene Geschichte hat.

Kennst du das Spiel mit den Strohhalmen? Man ist zu vielen, etwas muß getan werden, da es aber niemand tun will, wird es durch die Strohhalme entschieden. Es gibt kurze und lange, wer den längsten hat, ist dran, auch wenn er nicht will. So hat dein Kind, auch wenn du nichts davon wissen willst, auch wenn du dir vormachst, daß du es bist, der es Tag für Tag formt – dein Kind hat genau wie alle Kinder, die auf die Welt kommen, in Wirklichkeit sein Stück Strohhalm in der Hand, und darauf steht alles geschrieben, es ist eine Verlosung, die über deinen Kopf hinweg erfolgt, vor deiner Zeit, ohne dein Zutun.

Ja, du hast recht, man kann auch wählen. Mit dreißig kann man denken, es sei möglich zu wählen, das ist auch gut so; aber mit achtzig, nein, da glaubt man nicht mehr daran. Mit der Zeit versteht man, daß dem nicht so ist, der Unterschied ist der zwischen handeln und hinnehmen, anstatt zu wählen wird man gewählt.

Wozu? Von wem? Frag es mich nicht. Ich habe es beobachtet und beobachte es immer noch; darüber hinaus geht mein Leben nicht.

Gib mir nur deine Jacke, es ist warm heute. Plötzlich ist der Frühling ausgebrochen, niemand hat damit gerechnet. Jedesmal, wenn ich dich den Gang entlanglaufen sehe, kommst du mir größer vor. Du bist nicht mehr in dem Alter, in dem man noch wächst? Vielleicht bin ich es, die kleiner wird. So geht es im Alter, das Fleisch rund um die Knochen trocknet aus, und auch die Knochen schrumpfen, es ist, als bereitete sich alles stillschweigend darauf vor wegzugehen, zu verschwinden ... Und doch erscheinst du mir größer als letzte Woche. Du machst viel Gymnastik? Mag sein, daß es daran liegt. Aber nein, weißt du, was es ist? Ich beneide dich, nicht meinetwegen, ich bin so wie ich bin, sondern weil ich gern eine Tochter wie dich gehabt hätte. Serena stand immer mit krummen Schultern da, den Kopf eingezogen, man erschrak richtig, wenn man sie sah, es wirkte, als sei sie jeden Augenblick auf einen Schlag gefaßt.

Daher wiederholte ich unablässig: »Halte dich gerade, schaue geradeaus, siehst du nicht, daß du wirkst wie eine alte Frau?!« Es machte mich wütend, weil ich in ihrem Alter genauso war, ich war so und bin so geblieben. Es hätte mir gefallen, wenn sie Bruno ähnlich gewesen wäre, er hatte einen athletischen Körper mit breiten Schultern; als Junge war er sehr sportlich, und nachdem er von dort oben zurückgekehrt war, sah man immer noch, daß er stark gewesen war. Siehst du? Es ist die Geschichte mit dem Sack, die sich wiederholt. Vermutlich hätten deine Eltern gern eine ganz andere Tochter gehabt, ist es nicht so?

Ich hätte gesagt, sie sei ein lebhaftes und fröhliches Kind gewesen? Es stimmt, das war sie. Sie war es von Geburt an bis zum Alter von etwa zwei Jahren. Gerade deshalb habe ich mich später verraten gefühlt, getäuscht. Sie versprach eine Sache, geworden ist sie etwas anderes.

Jenes glückliche Bild, von uns beiden mit dem Kind, hat nicht lange gedauert. Sowie Serena angefangen hat zu sprechen und in der Wohnung herumzukrabbeln, hat Bruno sich verändert, alles störte ihn. Dieses Alter, zwei, drei Jahre, das ist ein schwieriges Alter, man muß immer hinterher sein, aufpassen, daß sie sich nicht weh tun, nicht hinfallen. Sie wollen alles ausprobieren, nehmen die Sachen, werfen sie auf den Boden, machen sie kaputt. Man muß viel Geduld aufbringen, und dann lernen sie, trotzig zu sein. Eine Freundin, eine Psychologin, sagte mir vor einiger Zeit, daß sie es mit Absicht machen, es ist eine Art, sich selbst und den anderen zu beweisen, daß man auf der Welt ist. Damals jedoch wußte man das nicht, die Kinder waren trotzig und basta, das mußte ihnen ausgetrieben werden. Deshalb sind

Bruno eines Tages bei Tisch die Nerven durchgegangen – sie hatte ihren Löffel schon dreimal auf den Boden geworfen, wollte partout nicht essen –, da ist er plötzlich aufgesprungen, ich war überhaupt nicht darauf vorbereitet, hat geschrien: »Du weißt gar nicht, wie gut es dir geht!« und hat türenschlagend das Haus verlassen.

Er ist erst am nächsten Morgen zurückgekommen. Ich habe ihn nicht gefragt, wo er gewesen ist, ich hatte den Verdacht, daß er es selbst nicht wußte. Jedenfalls hat ab dem Tag eine Art Krieg begonnen. Er hielt immer die Augen offen, um zu sehen, ob das Kind einen Schaden anrichtete. Er machte mir Vorwürfe, ich hätte keine feste Hand. Ab und zu schrie er herum, verschwand tagelang. Ich versuchte, das Kind zu überwachen, hielt es ruhig, aber das gelang natürlich nur bis zu einem gewissen Grad, ich glaube, es spürte die Feindseligkeit irgendwie, denn es wurde von Tag zu Tag unruhiger. Sie waren der Sinn meines Lebens, verstehst du, und auf einmal lag keinem von beiden mehr etwas an mir. Sie führten ihren ganz persönlichen Krieg, und ich stand in der Mitte wie ein Holzpfahl zwischen zwei Feuern. Der Grund? Ich weiß nicht, aber ich glaube, es lag an folgendem: Bruno hatte innerlich, an einer Stelle in sich, die er selbst nicht kannte, begonnen, das Leben zu hassen, und Serena war das Leben. Ja, einmal habe ich versucht, mit ihm zu sprechen, nach einer heftigeren Krise. Als er nach Hause gekommen ist, habe ich so getan, als wäre nichts, aber dann, als Serena schlief, bin ich zu ihm ins Wohnzimmer gegangen, habe mich vor ihn hingesetzt und zu ihm gesagt: »Bruno, ich muß mit dir reden.« Nur das habe ich gesagt, und er ist sofort in Tränen ausgebrochen, er schlug die Hände vors Gesicht und weinte, sein Körper wurde von Schluchzern geschüttelt, er wirkte wie ein Kind.

Einen Monat später habe ich zufällig durch einige Anrufe erfahren, daß er sehr oft in der Kanzlei fehlte. In der Kanzlei sagte er, er arbeite zu Hause, zu Hause sagte er, er gehe in die Kanzlei. Wohin ging er? Ich habe es nie erfahren, ich hatte das Kind, ich konnte ihm nicht folgen. Wenn er bei uns war, wurde er immer schweigsamer. Sogar samstags ging er seiner Wege, anstatt uns ans Meer zu folgen. Weißt du, was ich ab und zu tat, um zu versuchen, etwas zu verstehen? Ich sah ihm in die Augen. Ich konnte ihn stundenlang anschauen, denn er bemerkte nichts, sein Blick war leer, ging darüber hinaus. Eines Tages habe ich dann einen Brief bekommen, einen Brief, weißt du, wie die, die man im Kino sieht, ganz aus Zeitungsausschnitten zusammengesetzt. In dem Brief stand, er habe eine Geliebte, vielleicht sogar eine andere Familie, deswegen sei er nie zu Hause bei uns. Ob ich es geglaubt habe? Nein, keinen Augenblick, ich habe ihn aufgemacht, gelesen, zusammengeknüllt und verbrannt. Verstehst du? Ich wollte nicht, daß er ihn findet, auch noch deswegen leidet, wegen der Bosheit der Leute. Denn siehst du, seine Nächte hatten sich verändert, waren wieder so wie in der ersten Zeit, er schrie mit geschlossenen Augen, riß sich den Schlafanzug vom Leib. Ich war zwar nicht sicher, nein – man ist einer Sache niemals sicher –, aber sagen wir, ich hegte den Verdacht, daß der Grund für alle die Seltsamkeiten eben der war: die drei Jahre waren wiedergekommen, Tag für Tag zerfraßen sie ihn von innen. Stell dir einen Fluß vor, der Sand und Unrat mitführt. Der Unrat und der Sand lassen ganz langsam, Zentimeter für Zentimeter, das Meer verschwinden, sie verschlingen es. So etwas Ähnliches passierte in seinem Kopf.

Nur einmal habe ich ihn in jenen Jahren auf der Straße getroffen. Rein zufällig, es war ein schöner Tag, und ich war mit Serena zum Schiffeanschauen an den Hafen gegangen. Er hat uns nicht gesehen, nein. Auch Serena hat, glaube ich, nicht bemerkt, daß ihr Vater in der Nähe war. Nur ich habe ihn erkannt, an einer ihm eigentümlichen Art und Weise, die Hände in den Taschen zu halten. Was er machte? Nichts, er saß ganz vorne auf der Mole zwischen zwei Fischern, die er aber nicht zu kennen schien. Sie fischten, und er schaute ihnen beim Fischen zu. Als einer der beiden einen Fisch herauszog, sah er nicht auf, er starrte unverwandt aufs Wasser.

Ihn dort zu sehen, weißt du, auch wenn er ja nichts Schlechtes tat, hat mich erschüttert, etwas in mir war in Bewegung geraten. Was? Eine Wolke, die erste dunkle Wolke an jenem Horizont, den wolkenlos zu sehen ich mich so bemüht hatte. Danach, ich weiß nicht, ob dir das je schon so gegangen ist, aber es gibt Augenblicke, da weißt du noch gar nichts, und in Wirklichkeit weißt du schon alles. Das sind übersinnliche Kräfte?

Nein, es fällt mir schwer, daran zu glauben. Ich denke vielmehr, an irgendeiner Stelle, die du nicht kennst, hast du schon Indizien gesammelt, Signale, eine Art Puzzle. Wenn es dann geschieht, erst wenn es geschieht, wird dir klar, daß gerade dieses Teil noch fehlte, daß es das letzte war.

Daher wußte ich an jenem Nachmittag, als das Telefon läutete – es war Herbst, regnete, das weiß ich noch, ich hatte Serena eben ihre Zwischenmahlzeit gegeben –, ich wußte schon, bevor ich abnahm, was los war, ich wunderte mich kein bißchen, als die Polizei am Apparat war. Noch bevor sie etwas sagen konnten, habe ich gefragt: »Wo ist Bruno?«

Nur in dem Ort hatte ich mich geirrt. Deshalb, siehst du, stimmt es nicht, was du sagst, das mit dem Hellsehen. Ich dachte, er hätte sich ins Wasser fallen lassen, wäre ertrunken. Doch nein, sein Körper lag dort oben auf der Hochebene, von einem Zug in genau drei Teile zerschnitten.

Nein, ich habe diese Stelle nie gesehen. Auch in den folgenden Jahren habe ich immer versucht, nicht dort vorbeizukommen. Wo sie ist? Ich glaube, in der Nähe des großen Viehdepots, wo die Rinder gesammelt werden, die mit den Waggons von Osten ankommen. Du kennst sie? Es ist schrecklich dort, nachts? Die Tiere schreien? Du sagst, auch die Rinder spüren etwas? Nein, das ist nicht möglich, die Tiere wissen nichts, sie können nicht wissen, daß sie am nächsten Tag tot sein werden. Bruno hatte sich jedenfalls, das hat mir die Polizei später gesagt, in der Gegend dort eine Art Unterschlupf gebaut, da ging er wahrscheinlich hin, wenn er tagelang verschwand. Drinnen haben sie seine Schuhe gefunden, eine Mappe mit Zeitungsausschnitten. Nein, ich bin dem nicht weiter nachgegangen, ich hatte Serena, an sie mußte ich denken, ich war eine Mutter, verstehst du? Es gab so viele praktische Probleme zu lösen, und darüber hinaus muß die Kleine, obwohl ich ihr gesagt hatte, daß ihr Papa verreist sei, etwas geahnt haben. Sie war seltsam, jedesmal, wenn ich sie aufmerksam betrachtete – wenn sie schlief oder wenn sie ihre Hausaufgaben machte –, fiel mir auf, daß sie Bruno immer ähnlicher wurde. Es war, als hätte sich ein Teil seines Geistes in ihr eingenistet, aber es war nicht sein aufrechter, starker Teil, nein. Es war vielmehr der schwache und verstörte Teil der letzten Zeit. In der Schule war sie gut, es war klar, daß es sich um ein gescheites Kind handelte. Vielleicht wurde ihr genau das zum Verhängnis, ihre Intelligenz. Es heißt, die Intelligenz sei eine Gabe, ich glaube nicht daran. Es wäre besser, viel besser, ohne zu leben. In der Schule war sie gut, aber sie hatte keine Freunde, war immer allein, nahm an nichts Anteil. Ich drängte sie hinauszugehen, Bücher zu lesen, du weißt ja, wie die Mütter es so machen. Ich fürchtete, sie könnte zu verschlossen werden. Man darf nicht vergessen, daß in ihrer Vergangenheit, hinter ihr, in ihr, auch meine Mutter steckte. Ich war mir nicht sicher, aber es konnte sein ...

Siehst du, zum Beispiel, diese Sache mit der Vererbungsgefahr, die hatten Bruno und ich völlig vergessen. Wir hatten sie, wie man heute sagt, verdrängt? Ja, wir hatten sie verdrängt. Das ist die Natur, ich habe es dir schon erklärt. Um wieder zuschlagen zu können, macht sie niederträchtige Winkelzüge, setzt sich über alles hinweg.

Als ich dann mit Serena allein war, ist es mir wieder eingefallen. Es ist zu einer Art fixer Idee geworden, vielleicht verfolgte ich sie zu sehr, ich beobachtete jede ihrer Gesten. Fragte mich: ist sie normal, ist sie nicht normal? Sie weinte ständig. Lange vor dem Alter, in dem man immer weint, als junges Mädchen, hat sie damit angefangen. Sie brach plötzlich in Schluchzen aus, und es gab nie einen Grund. Ich fragte sie: »Warum weinst du?« Dann weinte sie nur noch heftiger, schrie: »Ich weiß nicht!« und warf sich mir in die Arme. Damals gab es noch nicht diese ganzen Geschichten mit der Psychologie, der Psychoanalyse. Zum Psychiater gingen die Verrückten, ansonsten half man sich mit dem gesunden Menschenverstand weiter, dem gesunden Menschenverstand und basta. Also tröstete ich sie, umarmte sie, aber manchmal hatte ich es auch satt, ging hinaus und ließ sie stundenlang alleine weiterheulen. Gewiß, ich habe es ihr nie gezeigt, aber ich hatte Angst, ich fühlte, daß die Dinge mir noch einmal entglitten. Serena war das einzige, was ich in der Hand hatte.

Weißt du, an den Nachmittagen, wenn ich hier allein im Sessel sitze, schalte ich oft den Fernseher an, schaue hier rein und da: mir gefällt nie etwas. Aber jedesmal, wenn ich auf ein naturwissenschaftliches Programm stoße, eins von denen, die dir erklären, wie die Dinge innen funktionieren, schalte ich sofort ab. Mag ja aufschlußreich sein, aber ich will nichts davon wissen. Die Geschichte mit den Chromosomen, den Genen, die ertrage ich nicht. Nein, ich ertrage es nicht, alles da vor mir zu sehen mit bunten Zeichnungen, Vergrößerungen im Mikroskop: diese Maus ist so, weil ihre Mutter so ist, und so weiter ... das kann man nicht ertragen, es ist entsetzlich.

Sie war fünfzehn, als sie versucht hat, sich das Leben zu nehmen, ich habe sie auf dem Sofa gefunden, sie lag da und atmete noch.

Während sie im Krankenhaus war, habe ich verstanden, daß man nie entkommt: davonzulaufen ist eine Illusion. Die Jahre, die Bruno in Deutschland verbracht hatte, waren alle da drin, in seine Gene eingeprägt, eingepreßt. Die Wissenschaftler werden sagen, nein, das stimmt nicht, aber ich sage dir, es stimmt, da ist ein Gedächtnis. Es war, als wäre sie dort gewesen, sie litt, wie ihr Vater gelitten hatte; vielleicht litt sie sogar noch mehr, weil sie litt und nicht wußte, warum sie litt. Es war etwas, das überall an ihr nagte, sie hatte keine Haut, war nicht geschützt, auch der Wind ließ sie zusammenzucken. Schuld war ich, denn ich hatte sie zur Welt gebracht.

In Israel forschen sie über die Auswirkungen der Vernichtungslager auf die jüngeren Generationen? Dann habe ich ja recht, siehst du, es stimmt: das Grauen dringt bis in die kleinsten Fasern, wird an die Kinder weitergegeben, die Kinder geben es an die Enkel weiter... und so wandert es von Generation zu Generation, wird jedesmal ein wenig schwächer, gewiß, erlöscht zuletzt auch. Erlöscht genau in dem Augenblick, in dem ein neues Grauen ansteht, frisch und lebendig ist und nur darauf wartet und ... jetzt habe ich den Faden verloren... Hörst du auch dieses Brummen? Was kann das sein? Der Kühlschrank?

Wovon sprachen wir gerade? Mir scheint... ach ja, genau, das ist es. Ich glaube nicht an die Geschichte von den guten Menschen, wenn es sie irgendwo gäbe, müßte man sie ja sehen. Ich sehe keine. Ich bin selbst auch nicht gut, ich bin nicht so verlogen, mir das vorzumachen, ich bin überhaupt nicht gut, niemand ist gut, weil dieser ganze Schmerz, diese Sache, die uns einhüllt, die in uns hineinkriecht und uns Dinge tun läßt, die ein Tier nie machen würde ... die Tiere fressen nur diejenigen, die dazu bestimmt sind, gefressen zu werden, sie verschlingen nicht unterschiedslos einfach so aus reiner Lust... Woher kommt die Lust? Von den Menschen, aus ihrem Herzen: wer hat sie da hineingetan? Hat jemand sie hineingetan?

Wir sind ins Gebirge gefahren, schliefen im selben Zimmer, im selben Bett. Zum ersten Mal wieder, seit sie klein war. Eines Nachts bin ich von Schreien aufgewacht – wo ich war, wußte ich nicht, einen Augenblick lang habe ich gedacht, es wäre Bruno –, dann habe ich das Licht angeknipst und gemerkt, daß sie es war, mein Kind. Sie schrie, mit geschlossenen Augen, ihre Arme und Beine waren wie zerschlagen. Da habe ich mich auf den Bettrand gesetzt. Still saß ich dort und wußte wieder nicht, was ich tun sollte. Wie die Zeit nachts verfließt, sie dehnt sich aus, weitet sich. Plötzlich ist mir der Pakt wieder eingefallen, der Pakt, den ich viele Jahre zuvor mit Gott abgeschlossen hatte. Das war's, dachte ich, ich hatte ihm einen Tauschhandel vorgeschlagen, hatte Ruhe verlangt im Tausch gegen etwas, das ich ihm nie gegeben habe ... Jetzt war er im Recht, er war wütend und bestrafte mich. Mein Leben hätte anders sein können, ich bin selber schuld, wenn es an einer bestimmten Stelle diese Wendung genommen hat. Es hat sich gewendet, sich zusammengerollt, ist abgekapselt weitergegangen und hat sich dann ganz dort entrollt, im Leiden.

Ich hätte mich dem Spiel entziehen können, nicht wahr? Ich hätte mich umbringen, schachmatt sagen können, das war die einzige Freiheit, die mir blieb, aber ich habe es nicht getan. Ich würde lügen, wenn ich sagte, daß ich an Serena gedacht habe oder so etwas. Sie war schon längst da mit ihrem Stück Strohhalm in der Faust ... Ich hatte den Halm gesehen, ich wußte, daß ich nichts tun konnte. Es war nicht ihretwegen noch wegen sonst jemand, daß ich nicht gestorben bin, sondern nur, weil ich feige bin und fertig.

Ich habe die Vorhänge beiseite geschoben, der Tag sollte hereinkommen. So viele Pinien dort draußen, und darüber schwebte ein Vogel, fast stand er in der Luft, vielleicht war es ein Falke, Serena hat das Radio angeschaltet, es spielte einen Schlager, ich erinnere mich noch an eine Strophe, sie ging so: »Das Leben, dieses große Durcheinander…«.

Die Woche hindurch sitze ich hier im Sessel und warte, daß du kommst. Ich denke: ich werde ihr nichts mehr sagen, ich werde über das Wetter reden, über das bißchen, was ich über die Regierung weiß. Ich möchte mir am liebsten den Mund zunähen, innerlich ist er zugenäht, da bin ich sicher, aber wenn ich dich sehe, geht er auf, ich weiß nicht, wie das passiert, er redet einfach von alleine weiter… Dieser Schlager, verstehst du? Es gibt einen Punkt, an dem alles lächerlich wird.

Die Enkelin meiner besten Freundin ist gestorben. Sie konnte gerade laufen, hatte eben erst sprechen gelernt. Plötzlich hat sie angefangen, schlecht zu sehen, in ihr war eine neue Form von Leben entstanden – Krebs hier, Krebs da, rücksichtslose gewalttätige Natur, das Gehirn und alles übrige hat es ihr zerfressen. Bei der Beerdigung war ich meiner Freundin nah, aber mir war zum Lachen.

Die Unschuld, die leidet, die stirbt, was ist das? Diese Frage würde ich gern all denen stellen, die sich hinknien, sie sollen mir bitte antworten.

Es wird dir auch schon so gegangen sein, oder? Statt zu weinen, fängt man bei traurigen Dingen zu lachen an, man lacht und lacht und kann nicht mehr aufhören. Es ist nicht richtig, aber man lacht trotzdem, der Schmerz bringt einen zum Lachen. Wenig Schmerz bringt einen zum Weinen, viel zum Lachen. Man lacht wie in den Komödien, wenn nicht nur eine Sache kaputtgeht, sondern alles. Alles bricht zusammen, auch der Hauptdarsteller bricht zusammen, und man amüsiert sich darüber. So ist es mit meinem Leben, ich erzähle eine Sache nach der anderen, eine Weile glaubt man daran, aber irgendwann geschieht etwas, man denkt, es ist alles zuviel, und dann muß man lachen. Der Grund, warum ich nie mit jemandem gesprochen habe – nie ganz ausführlich, meine ich –, ist genau der, das unvermeidliche Lachen. Du lachst noch nicht, es wirkt nicht so, als ob du lachtest, aber was weiß ich, was in dir vorgeht? Vielleicht bist du nur gut erzogen.

Ich habe dieses Laster, das Laster, das Leben der anderen anzuschauen. Ich schaue es mir an und sage, es ist wie das Obst auf dem Markt – dieses Obst, was es jetzt gibt, weißt du, alles gleich rund, alles die gleiche Farbe –, im Fernsehen haben sie gesagt, daß es mit Hormonen gemacht wird, mit solchen, die zum Schluß Krebs erzeugen, die ihn zumindest anregen, aber was macht das schon, einstweilen liegt das Obst da und ist vollkommen. Auch die Blumen, habe ich gehört, werden geklont, ich weiß nicht, was dieses Wort heißt, es kommt mir wie ein unanständiges Wort vor. Jedenfalls sind geklonte Rosen lauter Rosen auf ihrem Höhepunkt, mehr Rose als so könnten sie nicht sein, nur eins fehlt ihnen, sie haben keinen Duft.

Mein Vater schrieb mir ab und zu aus Israel, er arbeitete in der Viehzucht, die Methoden waren schon sehr modern, nirgends sonst wurden so viele Kälber geboren, Kälber wie Obst, wie ein Kalb aus den Schulbüchern der Kinder, eins mit dem anderen identisch, makellos. Aber auf hundert Kälber wurde dann mal eins mit zwei Köpfen, mit drei Beinen geboren. Verstehst du, da kommt es zu einer Auflehnung, es geschieht selten, aber es kommt vor. Es bilden sich zwei aneinandergewachsene Birnen, sie haben alles, Stiel, Fruchtfleisch, Kerne, aber es sind zwei – ein Irrtum der Natur –, sie kommen ins Museum, in die Bücher, auf den Müll. Also schaue ich mir das Leben der anderen an und stelle fest, daß es zumeist ruhig verläuft, daß nur ganz kleine Dinge geschehen. Die Menschen leben ruhig, und wenn sie sterben, sind sie immer noch ruhig. Es genügt, wenn du deine Umwelt beobachtest, du siehst es von selbst, du siehst, wie die Normalität fließt, dahinläuft, aber ab und zu gerät sie dann durch etwas ins Stocken. An welchem Punkt sie stockt, weiß ich nicht, jedenfalls gibt es unterschiedliche Schicksale. Alles Schlimme sammelt sich im Leben bestimmter Leute, angezogen wie Eisenstaub von einem Magnet, zwängt sich hinein, ballt sich, bildet Zysten. Man kommt rastlos auf die Welt, und wenn man stirbt, ist man noch rastloser als bei der Geburt. Daran ist nicht die Technik schuld, das, was der Mensch dem Menschen antut; die Sache liegt höher, tiefer, also wessen Schuld ist es dann? Wird man erwählt? Wählt man? Ein Pfarrer hat eines Tages zu mir gesagt: »Ein Leben wie das Ihre ist ein Geschenk.« Ich aber sage, Geschenk, was wird mir denn geschenkt? Man macht weiter, hält aus, überwindet sich, wofür?

Die Wissenschaftler haben es nie gemacht, sie haben es nie gemacht, aber sie müßten es machen. Sie müßten herausfinden, warum das Böse sich an wenigen Stellen niederläßt, nur dort, immer dort. Ich denke, es liegt an so etwas Ähnlichem wie einem chemischen Gesetz, die Verbindungen ziehen sich an, stoßen sich ab. Deshalb, sage ich dir, müßten sie es erforschen, aufdecken, eine Art Gegenmittel finden.

Ich kann nicht mehr schlafen, nehme Tabletten, bleibe aber trotzdem wach, Hitze kommt durchs Fenster herein und Staub, die Geranie steht immer noch da, lebt nicht und stirbt nicht. Ich habe gehört, daß es Froschmänner gibt, die in den Kloaken tauchen, sie kriegen zwei Millionen Lire in der Stunde, mir hat noch nie jemand was gezahlt, ich wälze mich die ganze Nacht hin und her, ich bin auch ein Taucher, die Decken sind wie eine Höhle unter Wasser. Es ist dunkel, ich gehe hin und her, drehe mich um, möchte heraus, weiß nicht, auf welcher Seite sich die Oberfläche befindet und wo der Himmel ist, wenn es ihn denn gibt.

Schon neun? Du mußt gehen? Umarme mich vorher.

Schau, hier, immer weiter kommen diese Briefe, es ist unglaublich, nicht? Es ist schon über fünfzehn Jahre her, und dennoch schicken sie sie mir immer noch. Immer das gleiche vorgedruckte Formular, auf dem steht: »Bei unserer Dienststelle lagern folgende Gegenstände ...« und dann folgen alle Sachen, die meine Tochter dortgelassen hat. Einmal, vor langer Zeit, habe ich auch geantwortet, ich habe geschrieben, danke, behaltet die Sachen ruhig, aber ich weiß nicht, entweder ist der Brief nie angekommen, oder sie konnten meine Schrift nicht lesen, mit den Jahren ändert sich auch die Schrift, wird zu einer Hühnerklaue. Heiß ist es heute, nicht wahr? Bald beginnt die Urlaubszeit, wohin fährst du schönes? Nein, ich bleibe hier, wo sollte ich denn hinfahren? Ich mache die Fensterläden zu, ich besitze einen kleinen Ventilator, den stelle ich auf den Tisch, dahin, wo jetzt die Teekanne steht, sehe ein wenig fern, oder besser, ich lasse den Fernseher laufen. Lesen, nein, das interessiert mich nicht. Man liest, wenn man neugierig ist, und das bin ich nicht mehr; seit Serena tot ist, habe ich nie mehr ein Buch ausgelesen. Sie schon, sie verschlang sie, hast du das Zimmer nebenan gesehen? Die Bücher, die die Wände bedekken, sind ihre, schon als Mädchen hat sie sie zu horten begonnen. In einem gewissen Alter hat sie sich die Idee in den Kopf gesetzt, Schriftstellerin werden zu wollen. Sie war eine leidenschaftliche Krimi-Leserin. Aus den Zeitungen schnitt sie alle Artikel aus, die von Kriminalität handelten, legte Ordner dafür an – die Vergewaltigungen in den gelben, die Morde in den roten –, sortierte sie ständig, fieberhaft. Den Mörder spürte sie in sich, atmete sozusagen mit seinen Lungen, sah mit seinen Augen, sie suchte ihn überall, schrieb immer kompliziertere Geschichten, manchmal waren sie so kompliziert, daß man nicht einmal verstand, wer der Tote war, ich jedenfalls verstand es nicht, sie sagte, es wäre doch ganz einfach. Mir gefiel diese Geschichte von Anfang an nicht, nicht die Geschichte, die sie geschrieben hatte, sondern daß sie sich überhaupt mit diesen Dingen beschäftigte, mit den Leichen umging wie mit Blumen. Nach ein paar Jahren hat sie angefangen zu veröffentlichen, Bestätigung zu bekommen, da habe ich mir gesagt, vielleicht stimmt es, da liegt eben ihre Begabung, es ist ein Beruf wie ein anderer, sie hätte Ärztin oder Rechtsanwältin werden können, Kriminalromane zu schreiben ist genauso gut. Es ließ mir jedoch keine Ruhe, wäre sie ruhig davon geworden, hätte ich mich auch beruhigt, aber sie war immer in Aufruhr. Erfolg zu haben, diese gräßlichen Sachen zu schreiben, besänftigte sie keineswegs. Es war kein Ausbruch, verstehst du, etwas, das dann allmählich verebbt, nein: es regte sie nur noch mehr auf, oft verwechselte sie ihr Leben mit ihren Büchern, fühlte sich auf der Straße verfolgt, hatte Angst, einen Schrank zu öffnen. In den letzten Jahren sagte sie, die größte Sache trage sie in sich, ganz unten, da liege der vollkommene Krimi, sie hatte ihn in sich, aber es gelang ihr nicht, ihn zum Ausdruck zu bringen, sie machte eine Reise, dann eine andere, es ging ihr immer schlechter. Ich gab ihr keine Ratschläge, nein, ich hielt den Mund, was hätte ich ihr denn sagen sollen? Heirate, krieg ein Kind? Als sie mir mitgeteilt hat, sie fahre nach Amerika – sie ging nach New York, auf der Suche nach Inspiration, weil es dort eine Menge Verbrechen gab –, habe ich gesagt: recht hast du.

Nach einem Monat hat ein Putzmann sie in einem Aufzug gefunden. Man hat nie erfahren, wer sie erwürgt hat.

Die Zeitungen haben geschrieben, es sei ein Tod wie in einem ihrer Bücher gewesen. Die Polizei hat einige Ermittlungen angestellt. Warum befand sie sich in jenem Aufzug? Was hatte sie an dem Abend gemacht? Sie haben den Fall nie abgeschlossen. Mir ist es gleich. Weißt du, was ich empfunden habe, als ich die Nachricht erhielt? Es ist grauenhaft, ich schäme mich, es zu sagen, ich war froh, froh für sie, nicht für mich. Ich bin ein Ungeheuer? Man wird dazu. Das Leben ist so, man pflanzt etwas, schaut, wie die Pflanze wächst, wartet darauf, daß sie ausgerissen wird. Seit ich allein bin, frage ich mich, ob wohl doch etwas Wahres dran ist an der Geschichte der Inder, daß die Seelen wandern, sich von einem Ort zum anderen begeben, hier für das zahlen, was sie dort getan haben, und wenn sie schon gezahlt haben, werden sie glücklich ... wenn es so wäre, was, glaubst du, könnte ich dann in meinem vorigen Leben getan haben? Ich denke sehr oft darüber nach und fürchte mich vor der Antwort. Ich denke, ich war ein Kaiman, ein hungriger Tiger, ich habe im vorigen Leben mit vollen Händen Blut vergossen, damals habe ich es vergossen, und jetzt ist es um mich herum vergossen worden. Wie lautet die Lektion, die ich lernen sollte? Töten hat seine Zeit, heilen hat seine Zeit; abbrechen hat seine Zeit, bauen hat seine Zeit. Ich habe alles getötet, alles abgebrochen, was habe ich aufgebaut? Wenige schweifende Gedanken, die Gedanken des Toren. Warum gehe ich noch, bewege mich, drehe und wende mich und verstehe doch nichts? Wenn es eine Lehre gab, wie lautete sie? Ich rufe hierhin und dorthin, und keiner hört mir zu, also frage ich mich, wie man loslassen, Vertrauen haben soll? Vertrauen worauf? Sehr oft schmerzt es mich, nicht wenigstens in einer Sache groß gewesen zu sein. Ich habe nie jemandem etwas Böses getan, ich habe nie diesen Willen besessen, und doch hat es Böses auf mich geregnet, gehagelt. Also frage ich mich, wenn ich selbst Böses getan hätte, eigenhändig, wäre ich dann nicht vielleicht glücklicher gewesen? Danach? Wer kann schon etwas sagen über das Danach? Was ich nicht sehe, glaube ich nicht, die Waagschalen, die Rechnungen sind mir ganz gleich: gespielt wird hier, hier erfährt man die Dinge, nicht an einem anderen Ort. Als Serena gestorben ist, hatte ich eine Weile diese Vorstellung, ich dachte, es wäre die letzte Prüfung, etwas müßte vom Himmel herabkommen, ich würde freier atmen können; aber es ist nichts gekommen, ich bin hier im Sessel sitzengeblieben, mit meinen winzigkleinen Gedanken, wie Mäuse, die scharren, im

Loch. Doch vielleicht ist es auch dies, vielleicht ist es die Kleinheit, die mich zerstört hat. Ich habe nie etwas gewagt. Mein Blick? Der der Lämmer vor Ostern, mit geschlossenen Augen stand ich da mit dem Beil über mir, auch ohne es zu sehen fühlte ich immer auf dem Hals die eisige Schneide, diesen kalten, drohenden Windhauch. Falls ich Begabungen hatte, habe ich sie nicht angewendet, kraft der Trägheit trieb ich dahin, es gab eine Welle, die mich schob, ich schwamm darauf wie ein alter Schuh, eine Blechdose, jeden Tag, mein ganzes Leben lang, bin ich in dem Schaum hin und her geschwankt, ohne je irgendwo anzukommen. Ich habe nichts Böses getan, ich habe nichts Gutes getan, ich habe nichts getan.

Heute, bevor du kamst, habe ich in einer alten Zeitschrift geblättert. Da war ein langes Interview mit einem alten Philosophen abgedruckt – die Philosophen werden immer kurz vor ihrem Tod interviewt. Er sprach über das Alter. Er sagte, die Natur sei gütig, umsichtig, weil sie einem alles allmählich wieder nehme, man empfinde keine heftigen Gefühle mehr, die Sinne lassen nach, man höre weniger, sehe weniger. Alles werde zu einem wattierten Warten, man fahre auf einem stillen Meer, man sehe, wie sich die Küste entfernt, wie sie Stunde um Stunde blasser wird ... verschwindet, und das sei das Ende.

Weißt du, was ich tun wollte, als ich mit Lesen fertig war? Ich wollte ihm einen Brief schreiben, dann habe ich auf das Datum der Zeitschrift geschaut und habe nicht geschrieben, sie war schon viele Jahre alt und er gewiß tot. Jedenfalls, wenn ich ihm geschrieben hätte, hätte ich geschrieben, daß es ein großer Irrtum sei. Es stimmt nicht, daß sich alles entfernt, oder besser, es stimmt zum Teil, man hört weniger, sieht weniger, bewegt sich weniger, aber das macht es nur noch schwieriger, anstatt zu helfen. Die Umrisse verschwimmen, die Zerstreuungen kommen abhanden, und dann taucht in all seiner Dramatik ein Kern aus Feuer auf, ist da und brennt, zehrt an den Grundfesten, verwüstet dich. Es ist eine Lüge, daß die Alten keine Leidenschaften haben, die Alten haben schreckliche Leidenschaften, es sind die Gewissensbisse, die sie nähren, in Gang bringen, heftiger werden lassen. Man darf nichts nachtrauern, das müßte man von Anfang an wissen, es müßte einem schon an der Wiege gesungen werden wie eine Totenklage, aber keiner singt sie, und woher soll man es dann wissen? Wenn man es erfährt, ist es zu spät. Siehst du? Man kommt immer zum Ausgangspunkt zurück, es gibt keinen Ausweg.

Dann hast du wackelige Beine, einen stumpfen Blick, die Töne, die du hörst, sind nur die tieferen Geräusche, und plötzlich entsteht dieser Wunsch in dir, ein Wunsch, der ein Hohn ist. Du möchtest aufbrechen, weite Reisen machen. Du möchtest neue Orte sehen und die, die du schon kennst, wiedersehen. So geht es dir, wenn du dich anschickst, die Welt zu verlassen.

Ich bin sehr wenig gereist, Venedig, Florenz, das Übliche. Nur einmal habe ich eine längere Reise gemacht – Serena war zwölf Jahre alt –, bin nach Israel gefahren, um meinen Vater zu besuchen. Er war ja schon alt, ich wollte, daß sie ihren einzigen noch lebenden Großvater kennenlernt.

Sie war zu jener Zeit unerträglich, hatte eine fixe Idee im Kopf und ließ mir keine Ruhe damit. Jemand, in der Schule, nehme ich an, hatte ihr gesagt, daß Hitler gar nicht tot sei, es gebe zwar eine Leiche dort im Bunker, aber niemand könne mit Gewißheit sagen, daß es seine sei. Die Begabung für die Kriminalromane steckte schon in ihr, daher verbrachte sie ihre ganze Zeit mit dem Aufstellen von Hypothesen, und die, die sie für wahr hielt, waren immer die schrecklichsten. Kurz vor dem Ende habe er dort unten einen Mann getötet, der praktisch sein Doppelgänger gewesen sei. Vielleicht habe er jenen Mann sogar im Labor konstruieren lassen, habe ihn klonen lassen, wie man Rosen klont, habe ihn getötet und sei dann von dort aus geflohen, ohne je an die Oberfläche zu kommen. Dazu habe er unterirdische Gänge benutzt, die schon fertig waren, seit er die Macht übernommen hatte. Die besten Ingenieure des Regimes hätten diese Gänge gebaut, die wie Adern unter der Oberfläche bis in alle Teile der Welt reichten, in Australien und Indochina, in Grönland und in Chile herauskämen. Es gebe überall Geheimtüren, aus denen er auftauchen könne.

Natürlich gebe es dort drinnen Nahrungsmittel, Wasser, alles, was zum Überleben notwendig sei. Es gebe Vorräte für Tausende von Menschen, denn er sei keineswegs allein, er habe jene Vervielfältigungsmaschine dabei. Er habe sich selbst mit Spürhunden gekreuzt, mit den besten Spürhunden, die es für die Jagd gebe. Viele Tausende davon gebe es inzwischen dort unten, es sei fast kein Platz mehr in den Gängen, sie liefen alle unentwegt hin und her, ohne je zu ermüden, schnüffelten gierig in der Luft, verschlängen jeden Geruch mit der Nase; beim Einatmen machten sie einen entsetzlichen Lärm. Wenn sie die richtige Witterung bekämen, wetzten sie die Zähne, sie seien Wölfe mit offenem Maul, zum Sprung bereit. Seit zwanzig Jahren lebten sie dort unten, vermehrten sich dort unten, bewegten sich in Rudeln. Sie warteten nur auf einen Pfiff, ein Zeichen: etwas, das ihnen sagte, es sei wieder an der Zeit, das Unreine auf der Welt auszumerzen.

Verstehst du? Serena lebte mit dieser Phantasie. Für sie war es keine Phantasie, sondern eine Gewißheit. Sie verbrachte ihre Zeit damit, sich zu waschen, sie schrubbte ihren Körper mit solcher Kraft, daß sie sich beinahe die Haut abscheuerte. Sie ging nie über Gullys oder Luftschächte. Abends legte sie eine Marmorplatte auf die Kloschüssel. Es schien mir eine gute Idee zu sein, mit ihr nach Israel zu reisen, die beste Idee. Sie würde den Großvater kennenlernen und erfahren, daß es einen Ort gab, wo sie sicher war. Ich hatte ihr gesagt, auch wenn die Wölfe überall herauskämen, würden sie dort nicht herauskönnen, weil es ein riesiges Heer gebe, das jederzeit kampfbereit sei, nur zu diesem Zweck. Ich hatte ihr auch gesagt, falls es ihr gefiele, falls sie sich ruhiger fühlte, könnten wir uns dort ansiedeln. Es gäbe nichts, was uns an die Stadt binde, in der wir wohnten, umzuziehen wäre ein leichtes.

Tatsächlich hatte sie sich dort ein wenig beruhigt. Dieser weltferne Großvater, der nur an die Kühe und ans Geigenspielen dachte, gefiel ihr, sie unternahmen lange Spaziergänge zusammen, kreuz und quer durch die Zitrushaine. Die Geschichte war für ihn nur noch eine verblaßte Erinnerung, er sah zu, wie die Pflanzen wuchsen, verfolgte die Entwicklung der Kälber. Er ging ganz in der Natur auf. Sein Leben war glücklich, und es war ihm gelungen, sie eine Weile mit seinem Glück anzustecken. Einen Monat verbrachten wir zusammen, in den Frieden des Kibbuz getaucht.

Eine Woche vor der Heimfahrt beschloß ich, eine kurze Reise in die Umgebung zu machen. Ich wollte die beiden ein wenig miteinander allein lassen, vielleicht würde meine Abwesenheit Serena helfen, eine Entscheidung zu fällen. Nur mit einer leichten Tasche fuhr ich nach Jordanien. In Jerusalem mietete ich mich in einer Pension in der Nähe des Jaffaer Tores ein und wanderte drei Tage lang ziellos kreuz und quer durch die Altstadt. Es war das erste Mal seit der Zeit meines Aufenthalts im Kloster, daß ich ganz frei von jeder Verpflichtung mit mir allein war. Ab und zu erfaßte mich mitten in den Gassen, benommen von den Rufen der *Muezzin* und vom Klang der Glocken, ein Gefühl der Unwirklichkeit. Alles war so von Gott erfüllt dort, daß ich beinahe nicht atmen konnte. Dann setzte ich mich auf ein Mäuerchen, legte die Hände auf die Beine und preßte sie fest zusammen. Am vorletzten Tag nahm ich einen Bus, um zum Toten Meer hinunterzufahren.

Das ist es, was du nicht erwartest, wenn du Jerusalem verläßt, du erwartest dir nicht, daß nach den Ölbäumen die Wüste kommt, diese schreckliche, zerklüftete Felswüste. Kaum begann der Bus, abwärts zu fahren, wurde ich unruhig. Ich hatte Angst, plötzlich an einem Ort, an dem es nichts gab, mit dieser drückenden Hitze allein zu sein. Was hätte ich den ganzen Tag gemacht? Ich wollte aussteigen, zurückfahren, aber es war nicht mehr möglich.

In der Nähe von Engedi, dem Tal, das im Hohen Lied erwähnt wird, bin ich ausgestiegen. Ich meine, du bist auch dortgewesen. In der Ferne sah man wie eine riesige Festung den Felsen von Masada. Vor mir lag bewegungslos das Wasser, wie aus Glas. Ich bin einige Zeit am Ufer entlanggegangen, habe Schuhe und Strümpfe ausgezogen und die Füße ins Wasser gehalten. Ich hätte ganz eintauchen können, aber ich fürchtete, das tote Gewässer würde mich verschlingen, mir Herz und Augen verbrennen.

Indem ich so ging und ging, vergaß ich die Zeit. Die Dunkelheit kommt plötzlich dort unten, du weißt es, so rasch, als würde ein Rolladen heruntergelassen. Erst als auf einmal die Umrisse der Dinge zu verschwimmen begannen, merkte ich, daß es spät war, daß ich auf die Straße zurückkehren und auf den Autobus warten mußte. Ich erreichte das Schild der Haltestelle und begann zu warten. Ich habe gewartet und gewartet. Die Sonne war inzwischen verschwunden, und von dem Autobus fehlte jede Spur. In meine Gedanken versunken, hatte ich vergessen, die Abfahrtszeiten nachzusehen. Es fuhren keine Busse mehr, und Autos kamen auch keine vorbei. Bald erloschen die wenigen brennenden Lichter, weit und breit war niemand. Plötzlich war alles unbewegt und doppelt wie am Sabbat. Es war wirklich Sabbat.

Ist dir heiß? Sollen wir den Ventilator anmachen? Nein? Dann öffne doch bitte das Fenster, laß etwas Luft herein, man erstickt ja hier drinnen. Aber setz dich woandershin, sonst bekommst du einen steifen Hals.

Wo war ich stehengeblieben? Bei der Wüste? Ja, ich stand dort, allein, ohne etwas in der Tasche. Und auch wenn ich Geld dabeigehabt hätte, es gab kein Hotel. Ich bin ein Stück ins Landesinnere gegangen, ich hatte Angst, am Straßenrand zu schlafen, Übelgesinnte gibt es überall auf der Welt, weißt du. Es war Nacht, aber man sah ausgezeichnet, der Vollmond stand am Himmel, sein weißes Licht lag über allem, dem Sand, den Felsen, den kahlen Akazienzweigen. Von dem Licht geleitet, bin ich in ein kleines Tal eingebogen, es gab einen Fluß, der unten vorbeifloß, und rundherum eine Vegetation wie in den Tropen. Ich hätte voller Schrecken sein müssen – ich hatte noch nie im Freien geschlafen, an einem Ort, den ich nicht kannte –, ich hätte Angst haben müssen, aber ich war ganz unbeschwert, ich sang sogar. Ich sang das Bienenlied meiner Mutter, es gefiel mir, daß niemand wußte, wo ich war, es löste eine seltsame Euphorie in mir aus. Ich dachte: ich könnte sterben, und war glücklich dabei ... es wäre ein freudiger Tod gewesen. Als ich einen geschützten Platz gefunden hatte, legte ich mich hin. Der Sand war noch warm vom Tag, er war wie ein laues Laken, Sterne standen am Himmel ...

Ich war mittendrin, ein Strudel zwischen Wirbeln. Ich habe mich ausgestreckt, mit dem Gesicht nach oben. Vor dem Einschlafen betrachtete ich lange das Firmament – auch das hatte ich noch nie getan –, ich habe hinaufgeschaut und es bereut, daß ich die Namen der Sterne nicht wußte. Sie sind für mich, wie für den größten Teil der Menschen, alle gleich, nebensächlich. Ja, plötzlich hätte ich sie gern alle aufgerufen, wie bei einem Appell: Sirius, Orion, Zentaur ... Mir war ein seltsamer Gedanke gekommen, ich dachte, daß meine Mutter und Bruno rittlings dort oben auf einem Stern säßen. Wenn ich die Namen gewußt hätte, hätte ich sie rufen können, ausführlich mit ihnen reden können, wie ich es im Leben nie getan hatte ... Kurzum, verstehst du, der Sabbat war wiedergekommen, ich sah erneut alles mit zweierlei Augen, es gab die Dinge, wie sie zu sein schienen, und wie sie wirklich waren, und alles verschmolz zu einer einzigen Sicht. Man hörte Schakale in der Nähe, ein leises Rascheln und Scharren der Nacht – das ist die Stunde, in der die Wüste lebt –, da waren diese unbekannten Geräusche, aber ich hatte immer noch keine Angst. Bevor ich einschlief, habe ich an Jonas gedacht, den Rebellen. Der Leviathan, der ihn verschluckt hatte, hatte auch mich verschluckt. Ich lag dort seit der Geburt, untergetaucht, schwimmend zwischen Planktonteilchen. Während er von Abgrund zu Abgrund eilte, zappelte ich in ihm, eine aufgeregte, blinde Kaulquappe ... Wand mich fluchend hin und her ... Davon war ich so in Anspruch genommen, daß ich nicht bemerkt hatte, daß das Ungeheuer ab und zu sein Maul aufriß, an die Oberfläche schwamm und es aufsperrte, um Fische zu fressen. Es schnappte nach Fischen und nach Luft. Dann drang das Licht in Bündeln in es ein, erleuchtete den Rachen, die Luftröhre, die Speiseröhre. Es hätte auch mich erleuchtet, wenn ich besser aufgepaßt, wenn ich es gesehen hätte.

Das habe ich gedacht und bin eingeschlafen.

Im Morgengrauen ist das Licht strahlend heraufgezogen, ganz langsam stieg es höher und streichelte jedes Ding – ich habe die Augen geöffnet und mir gesagt, das Licht schlägt nicht zu, es streichelt –, das Licht streichelte und der Wind schwoll an. Es ist ein Wind, der nur sehr kurz weht, wenn die Sonne oben steht, ist er schon wieder verschwunden. Ich lag dort mittendrin am Boden ausgestreckt, zwischen dem Licht und dem Wind, ich war kein Strudel zwischen Wirbeln mehr, sondern Wind im Wind, Atem, Hauch. Ich war nichts mehr. Ich hatte überhaupt keine Lust mehr, aufzustehen und fortzugehen. Ich blieb dort liegen, während die Dinge von Umrissen zu Formen wurden ... Und genau als ich regungslos dort lag, habe ich es gespürt, ich lag still, aber der Boden unter mir regte sich, bewegte sich regelmäßig und sanft hin und her. Im ersten Augenblick habe ich gedacht, es handele sich um ein Erdbeben, habe diesen Gedanken aber gleich wieder verworfen: wenn es das gewesen wäre, hätten sich auch die Bäume bewegt, die Bewegung wäre immer stärker geworden, bis sie alles geschüttelt hätte. Also habe ich weiter gelauscht, habe den ganzen Körper gestreckt, um besser zu spüren, und nach einer Weile habe ich verstanden. Ich habe es nur in jenem Augenblick verstanden und dann nie mehr. Ich weiß nicht, ob ich es dir sagen soll, ich habe Angst, daß du lachst, wenn du fortgehst, daß du gehst und sagst, arme Alte, aber es ist nicht das, nein, versuch, mich zu verstehen. Es war Sabbat.

Die Erde hat einen Atem. Mit uns auf ihr atmet sie ihren ruhigen Atem.

Susanna Tamaro im Diogenes Verlag

»Die 1957 in Triest geborene italienische Autorin Susanna Tamaro, Großnichte Italo Svevos, ist eine hinreißende Fabuliererin mit frischer Phantasie, Poesie und Witz.« *Süddeutsche Zeitung, München*

»Dieser aufrichtige und klare Stil; diese Fähigkeit, das Leid der Schwachen und Schutzlosen zu zeichnen – sie hat es vermocht, mich zu rühren, ohne mich zu beschämen, nicht anders als es mir bei der Lektüre von *Oliver Twist* ergangen war oder bei bestimmten Seiten aus Kafkas *Amerika.*« *Federico Fellini*

»Eine der lebendigsten und schmerzlichsten Stimmen der jungen italienischen erzählenden Literatur. Transparent wie Kristall. Und stark. Und zart.«
Grazia, Mailand

Love
Fünf Erzählungen
Aus dem Italienischen
von Maja Pflug

Der kugelrunde Roberto
Deutsch von Maja Pflug

Geh, wohin dein Herz dich trägt
Roman. Deutsch von Maja Pflug

Die Demut des Blicks
Zwei Essays. Deutsch von Maja Pflug

Kopf in den Wolken
Roman. Deutsch von Ulrich Hartmann

Eine Kindheit
Erzählung. Deutsch von Maja Pflug

Der Zauberkreis
Ein Märchen für große und kleine Kinder.
Mit Bildern von Tony Ross. Aus dem Italienischen von Ulrich Hartmann